熊貓英雄
首部曲：滅頂之災
猛獁象◎

# 推薦序　史前的地球英雄

從地球誕生至今，已經過了四十多億年。從最早的人類出現至今，大概過了兩百萬年。從人類開始記載歷史至今，只過了幾千年。

在地球漫長的生命面前，人類的歷史和壽命顯得微不足道，我們所知道的歷史對地球來說，簡直就像眨眨眼那麼短暫。人類出現之前，地球上已經有了各種各樣的生物，但很多至今已經滅絕，我們永遠無法見到了。只有極少數生物頑強地生存至今，牠們是人類認識生物歷史的「活化石」。

大熊貓就是這樣一種神奇的「化石」。牠們在地球上至少生存了八百萬年，比人類的歷史悠久得多。漫長的歷史中，熊貓們到底遭遇了多少磨難，實在難以考證。熊貓經歷過天寒地凍的冰川時期，經歷過地球氣候的多次轉變，和牠們同期生活的物種陸續滅絕，牠們自身也產生了不少變化。如今，熊貓族群不斷減少，走到了瀕臨滅亡的境地，遙想遠古，熊貓的祖先曾經那樣輝煌。

《熊貓英雄》講述的就是那些史前熊貓的壯闊冒險。

地球的最後一次冰川期，地震和火山噴發不斷，地球上的生物們都嗅到了危機的味道。歷史悠久的熊貓種族遇到的巨大的危險。關鍵時刻，流浪的熊貓小子幸福寶站了出來，扛起拯救危亡的重擔。鷵鵡阿飛和新出現的物種——老虎，是幸福寶最好的朋友，他們一起踏上征途，尋找出路。

作者十分逼真地再現了冰川時期地球的樣貌，原始的山巒、叢林橫亙，各色史前動物輪番登場：狡詐強悍的恐狼和熊貓亦敵亦友，劍齒虎有了新的進化，紅毛猩猩稱霸原始森林，泰坦鳥和異特龍意外現身……幸福寶的旅程有了牠們的參與，格外驚險刺激。

自然災害過後瘟疫爆發，幸福寶再次上路，拯救危機。幾番鬥爭後竟然要和地外智慧生物一決高下，想想如今人類發現的史前文明未解之謎，忍不住猜測確實曾有外星生物造訪地球。與此同時也不禁佩服作者超凡的想像力和豐富的知識。在這套書中，讀者不僅可以看到精彩絕倫的冒險故事，還能認識各類傳奇生物，了解天文知識。

冒險之外，動物之間的感情也格外讓人動容。阿飛不顧自身安危屢次營救幸福寶，老虎為了兩位朋友不惜長途跋涉，異特龍雖然生性兇殘卻為了孩子們戰勝自己，活潑俏皮的小熊貓在災難中成長強大……在他們身上，有災難的痕跡，有成長的痕跡，還有堅持和抗爭的痕跡。所有度過災難重獲新生的動物，依靠的不是幸運，而是智慧、勇敢、堅持和互助。他們用最樸實的行動闡釋了生存之道。

硝煙散去，幸福寶和朋友們再次自由地奔跑，想必未來有更加精彩的冒險等著這些史前的英雄們。

# 自序

我其實是個懶惰的人，不怎麼會寫序，應編輯的盛情相邀，只好隨意為我的新作《熊貓英雄》寫寫序。

一直以來，熊貓這個可愛的形象在我的腦海裡反覆出現，熊貓是很多美好事物的象徵，我想，這應該會是個很有意思的故事。

我大約用了半年時間思考，如何寫一隻熊貓，而且是寫一隻與眾不同的熊貓。從熊貓憨態可掬的形象出發，我想了好多的名字，什麼：圓圓、蛋蛋、黑白小弟等等。最後將這隻熊貓定名為幸福寶，這不僅是一個名字，也是我的一份心願，希望每一個小寶寶都能幸福快樂地生活和成長。

幸福寶是一隻熊貓，這裡我不想寫他是如何長大的，只想寫他剛剛成年的冒險故事。熊貓冒險的故事已經足夠吸引小朋友的目光了，但是身為一隻有故事的大象，我絕不會滿足隻寫一隻熊貓，我要構思出一個冰河紀波瀾壯闊的故事，於是熊貓一族應運而生——老頑固、鈴鐺、辣椒、鐵頭……老老少少，男男女女的，每隻熊貓都有自己的性格和特點。

無論什麼生命都有自己的規律和特徵，即使生命再短暫，也富有積極的意義。我將這些熊貓塑造成個性十足的傢伙。老頑固是一隻極為逗趣的老熊貓，總是自以為是，還有點狡猾，但是他的心中卻充滿了對熊貓一族的擔憂和關愛；辣椒，一隻面貌醜陋的母熊貓，但是心地善良，遇大事能決斷，性格乾脆俐落，好像一個女漢子；還有我們最可愛的主角幸福寶，他是一隻不斷歷經磨礪，越來越堅強的熊貓，最終成為拯救熊貓和世界的英雄。

熊貓屬於食肉類的哺乳動物，牠們的歷史很古老，大約八百萬年前已經生存在地球上。現存的很多大熊貓都以竹子為食，其實，很久以前熊貓是食肉的猛獸，而且據我個人的推斷，很久以前，熊貓的體積應該比現在更龐大。

當人類還是茹毛飲血的時代，熊貓很可能遍布大地，後來隨著生存環境的改變，動物的生活習性也發生了相應的變化，熊貓的生存環境逐漸縮小，成了地球上最珍貴的動物之一。

熊貓一族經歷了什麼殘酷的打擊，現今已經無人知曉，但是我隱隱感覺到，這或許和人類的進步有關，人類在不停地剝奪著動物的權利，侵佔他們的家園，於是熊貓獵人的構思在我的腦海裡誕生，我將熊貓獵人寫成一個頗具悲壯色彩的民族，因為人類愚昧的屠殺行為，將會導致自己的滅亡。人類應該和動物成為朋友，而不是敵人。

雖然我不是動物學家，《熊貓英雄》這套書也很難和科普扯上關係，但是我的文字裡面，還是暗含著一些科普知識。熊貓主要以氣味做為領地的標記，有的時候也會在樹幹上留下一些特殊的標記，用來警示其他的熊貓，這是熊貓有趣的手段。熊貓的視力不是很好，自從熊貓爬進高山竹林裡面生活，他們的視力已經逐漸退化了，變成了近視眼，於是熊貓有了靈敏的鼻子，這是他們防禦天敵的雷達。

除了熊貓，書裡還出現了一些可愛的配角。恐狼是重要的反派，真實的恐狼已經滅絕了，牠們大約生活在一萬年以前，形象有點像鬣狗，而且牠們的頭很大，四肢很細，咬合力驚人，有的時候吃腐肉。恐狼的智力不是很好，於是我把他們寫得不是很壞，和熊貓們是亦敵亦友的關係，常常犯錯，幹一些讓人覺得好氣又好笑的事。

說到反派，恐狼不是最邪惡的，更不是最壞的壞蛋，真正的威脅是煞姆人，因為煞姆人是外星人。《熊貓英雄》的主要故事，是幸福寶在神農爺爺及眾好友的幫助下，戰勝外星人的故事。

外星究竟有沒有生命，現在還不得而知，著名的科學家霍金曾經表示，假如存在外星生命，我們也不要盲目樂觀，外星生命不一定是抱著友好的態度來到地球的，也可能充滿了惡意。因為一個高度發達的智慧生命，很可能為了星際殖民前來探索地球。

所以，我將外星生命設定為反派角色，至於熊貓小子有哪些驚心動魄的旅程？熊貓小子如何大戰外星人？猩猩一族和熊貓一族究竟有什麼恩怨？還有最終的結局如何？你得慢慢看下面的故事了，相信大象的故事會讓你的閱讀精彩不斷。

目次

## 角色簡介

**幸福寶**

本書主角。個性勇敢善良，為了拯救熊貓一族而四處旅行冒險，大家常暱稱他為「熊貓小子」。

**阿飛**

色彩豔麗的鸚鵡，幸福寶的最佳拍檔。

知識淵博，聰明伶俐。

和幸福寶在流浪的路上認識，一路走來，患難與共，彼此成了最好的朋友。

**辣椒**

幸福寶在熊貓谷的同伴。個性嗆辣，生著一口獠牙，黑色的瞳孔射出兩道寒光。

絕招是張開大嘴，用辣椒噴霧攻擊敵人。辣椒噴霧的味道又濃又衝，常熏得敵人眼淚鼻涕直流。

**鈴鐺**

幸福寶在熊貓谷的同伴。個性柔順，雪白的皮毛，圓圓的耳朵，眼睛散發著迷人的光彩，像永不墜落的星辰。

**老頑固**

熊貓谷的長者熊貓，是一位有智慧的熊貓爺爺，有著白色的短鬍鬚，兩隻濃濃的黑眼圈，彷彿蘊藏著無窮的智慧。

## 鐵頭

幸福寶在熊貓谷中的死對頭，特色是連岩石都能撞破的鐵頭功。

體型壯碩，個性兇狠，兩隻黑耳朵又圓又大，黑眼圈幾乎遍布整張臉孔，因為太常使用鐵頭功，使得腦袋常撞得一片瘀青，毛都掉光了。

## 老虎

一隻沒有自信的老虎，天天受到劍齒虎們的嘲諷和譏笑，做什麼事情都沒有信心。直到遇到了第一個稱讚他的人——幸福寶，才慢慢發現自己的優點跟長處，並和幸福寶成為了好朋友。

## 野王

恐狼的首領。個性精明，嘴巴特長，獠牙鋒利，臉頰上佈滿傷疤，彷彿經歷過無數場惡戰。原本想吃了幸福寶，但陰錯陽差之下，和熊貓小子一起度過多場難關，變成亦敵亦友的關係。

**血刃**

野王的手下之一，對老大野王忠心耿耿。

**詭刺**

野王的手下，背上生著黑色條紋的恐狼，聲音尖細。

# 楔子

一萬年以前，在地球最後一個冰河時期，冰川消融，百獸流浪，曾經有一群勇敢的熊貓，為了生存和榮譽而戰鬥。那個時候的熊貓，沒有現在這樣溫順可愛，他們是一群善良而調皮的猛獸，他們的故事沒有被人類的歷史記載，但是他們的傳奇卻被日月、星辰、天地所銘記，成為地球上一隻最神秘的種族……

# 1 幸運的勝利

夕陽好似一個火球，燃燒著溫馨的味道。貼在天邊的雲霞懷抱著一輪月牙，悄悄地爬上樹梢。

熊貓山谷的傍晚寧靜平和，但是今天卻有點與眾不同，有一隻陌生的來客闖進了熊貓的領地。

這隻熊貓的名字叫幸福寶，只有八個月大。他拖著疲倦的步伐，從一簇枯萎的嫩竹下爬出來，雪白的腦袋上留著一道漆黑的爪印，像是一顆大星星，圍著幾顆小星星，醒目耀眼，還有點好笑。

一隻色彩豔麗的鸚鵡趴在一根竹子上打盹，他的名字叫阿飛，是幸福寶的朋友，他們是在流浪的路上認識的，一路走來，患難與共，成了最好的朋友。

阿飛是一隻知識淵博，聰明伶俐的鸚鵡，搖晃的竹子把睡夢中的阿飛驚醒，鸚鵡睜開朦朧的睡眼，打了個哈欠，瞧見幸福寶腦袋上的爪印，不禁勃然大怒，叫道：「小笨蛋，你是不是又輸啦，真是氣死我啦，你這是第幾次失敗啦？」

幸福寶低下圓乎乎的腦袋，老老實實地回答：「第十七次。」

阿飛縱身飛起，輕輕地落在幸福寶的腦袋上，用翅膀輕拍著阿飛的腦袋：「你這個小笨蛋，每次打架總是輸給人家，真是愁死我啦。」

幸福寶不好意思地說：「這裡的熊貓都很厲害，我打不過他們。」說完，呵呵一笑，把圓滾滾的身體依靠在一塊大石頭上，打起了瞌睡。阿飛卻在石頭上跳來跳去，愁眉不展。

他們來到熊貓山谷好多天啦，但是幸福寶還沒有結束他們的流浪生涯，沒有找到一塊屬於自己的領地。任何一隻熊貓都需要領地，沒有領地的熊貓，永遠都被同族的熊貓瞧不起，一隻沒有領地的熊貓，永遠不能成為自強自立的勇士。

正當阿飛苦惱的時候，一個低沉的聲音在竹林外響起：「那個叫幸福寶的熊貓小子，快點滾出來，讓我好好地痛扁一頓！」

聽見叫囂的挑戰聲，阿飛相當激動，一個魚躍，竄到半空，掠過一片枯黃的竹林，大叫道：「是誰膽大包天，敢來叫陣！」

「是我！」

野蠻的聲音震得林子裡的竹葉簌簌而落，竹林外的空地上站著一隻陌生的大熊貓，這傢伙兩腮鼓鼓的，強壯得像隻野豬，巨大的爪子又肥又厚，絕對是一隻野性十足，兇悍而霸道的熊貓。

這隻大熊貓得意洋洋，站在一棵樹椿前，用鋒利的爪子扯下一塊樹皮，嗅了嗅味道，再用肥屁股蹭了蹭樹椿，然後滿意地露出傻笑——這是熊貓標記領地的獨特方式。

大熊貓用無聲的行動宣佈，這片領地歸我所有！

阿飛理直氣壯地問：「喂，大熊貓，你是哪來的野傢伙？」

「我叫鐵頭！」大熊貓氣勢洶洶地說，「聽說這裡來了一隻傻熊貓，是個屢戰屢敗的小笨蛋，我要來教訓他！」

阿飛氣惱極了，或許幸福寶在熊貓山谷已經臭名遠揚了，誰都想欺負他，必須想辦法拯救幸福寶的名望，於是問道：「鐵頭，你是來挑戰的嗎？」

「沒錯，我想揍他。」鐵頭哼了一聲，一屁股坐在草叢裡，張開一對大爪子，眼珠裡射出兇狠的光芒，兩隻黑耳朵又圓又大，黑眼圈幾乎遍布整張臉孔，他的腦袋一點都不白，烏黑一片，毛也都掉得差不多了。

這時候，幸福寶分開草叢，慢悠悠地爬了過來，說：「鐵頭，我不想和你打架。」

幸福寶的懦弱差點把阿飛給氣暈過去，他靈機一動，對鐵頭說道：「鐵頭，幸福寶不是害怕你，你明白嗎？」

「明白什麼？」

「幸福寶怕打起來以後，會把你揍成一堆爛泥。」

阿飛的話激怒了鐵頭，朝著幸福寶猛撲過去。鐵頭的速度很快，幸福寶笨拙地跑了兩步，感覺甩不掉鐵頭，立刻轉身採取防守的姿態，等鐵頭撲過來的時候，他連跳帶蹦，巧妙地躲閃著鐵頭的進攻！

阿飛決定親自指揮這場戰鬥，這一次只許勝不許敗，他振翅飛起，盤旋在兩隻熊貓的頭頂，大叫著：「熊貓小子，盯住對手的眼睛，狠狠地揪他的耳朵。」

沒想到，阿飛的叫聲卻讓幸福寶更加心煩意亂，一個沒留神，臉頰讓鐵頭的爪子掃了一下，火辣辣的痛。

一招得手，鐵頭嘿嘿大笑，神氣活現，而幸福寶則是一副垂頭喪氣的模樣。

阿飛終於明白了，幸福寶失敗的關鍵在於沒有鬥志，沒有鬥志就沒有勇氣，沒有勇氣，就會屢戰屢敗，必須激發幸福寶的鬥志，才能在這場戰鬥中取勝。阿飛大叫一聲：「熊貓小子，拿出勇氣，狠狠地咬啊，快點，還猶豫什麼呀！」

幸福寶還在猶豫，鐵頭已經撲上來咬他的耳朵，幸福寶低頭一閃，滾到鐵頭的身後，用腦袋一頂鐵頭的屁股，鐵頭身體一個搖晃，幸福寶順勢撲了上去，和鐵頭撕打起來。

兩隻熊貓展開緊張而激烈的戰鬥，阿飛興奮得臉都紅了，大叫著：「咬尾巴，咬耳朵，咬鼻子，哎呀，太笨啦！」

幸福寶招招落空，鐵頭的實力絕不是幸福寶能抗衡的。阿飛有點失望，叫聲也沒原來那麼歡暢了，沒好氣地叫道：「幸福寶注意，髒腦袋要攻擊你的左邊，他的爪子來了，像風一樣快，好厲害的爪子，快閃快閃，撤到樹幹後面，髒腦袋又追上來啦！」

阿飛給鐵頭起了個外號，叫髒腦袋，這樣不但沒讓鐵頭生氣，反倒讓他越戰越勇。忽然，阿飛閉上了嘴巴，他發現自己的大喊大叫，只能給幸福寶幫倒忙，真是太鬱悶啦！

兩隻熊貓還在氣喘吁吁地搏鬥，竹林中突然傳來一些細微的聲音，只見好幾對黑耳朵從草叢裡冒了出來，下面連著毛茸茸的腦袋，原來是幾隻前來觀戰的小熊貓。這些熊貓正躲在草叢裡竊竊私語，關注著兩隻熊貓大戰，他們非常膽小，還有點自閉，全都巴望著幸福寶快點失敗，快點撤出熊貓山谷。

塵煙彌漫，兩隻熊貓打得難分難解。但是鐵頭明顯佔據了上風，雙爪如風，毫不留情地攻向幸福寶的腦門，屁股，尾巴，只要能讓幸福寶吃苦頭的地方，一個也不會放過。

幸福寶很鎮定，一點也不慌亂，他想了一個懶法子，瞄準機會，「嗖」地鑽進鐵頭的懷抱，緊緊地摟住鐵頭的身體，腦袋頂住鐵頭的下巴，兩隻熊貓抱成一個肉團，沿著一道山坡飛快地滾了下去。鐵頭哇哇大叫，緊緊地和幸福寶摟在一起，不敢放鬆。

一隻年老的熊貓，長著短短的白鬍鬚，從一棵濃密的樹枝上向下窺視，因為他的年紀大了，視力不是很好，在樹上非常安全，老熊貓的身旁還有一隻小熊貓，漂亮得難以形容，她是一隻熊貓姑娘，皮毛柔韌光亮，眼睛像貝殼裡的珍珠一樣閃閃發光。

兩隻熊貓砰地一聲，撞到一根粗大的竹子上面，柔韌的竹子擋住了熊貓的去路，鐵頭抓住機會，肚皮一挺，把幸福寶彈了出去，不等幸福寶站穩，鐵頭就急不可耐地使出了制勝絕招！

熊貓鐵頭功！

鐵頭的腦袋很堅硬，他像野豬一樣，每天在腦袋上蹭上很多樹脂，然後對著岩石不停地磨練，從來不洗澡，日積月累，腦袋上生出一層老繭，非常厲害。

鐵頭一頭撞來，幸福寶嚇得向旁邊一閃，砰！粗大的竹子被撞成兩截，可是鐵頭用力太猛，身形沒法停住，只好繼續向前衝，前面是一塊堅硬的岩石。

砰！

鐵頭撞到岩石上，石頭碎成了兩半！

阿飛頓時心慌意亂，鐵頭的腦袋竟然比石頭還硬，好厲害的鐵頭，名不虛傳，幸福寶又輸了，真是倒楣啊！

不過，阿飛猜錯了，鐵頭這一下撞得不輕，他搖晃了兩下，撲地跌坐在地上，暈了過去。

觀戰的熊貓露出驚恐的神色。阿飛簡直要樂瘋了，苦悶、鬱悶的心情一掃而空，幸福寶真是幸運，這意外的勝利！

阿飛落到幸福寶的肩膀上，歡笑著說：「好樣的，熊貓小子，現在走到大樹前面。」

「幹什麼？」幸福寶糊塗地問。

阿飛說：「聽我的準沒錯。」

幸福寶走到樹前，阿飛說：「撕下一塊樹皮，用你的屁股蹭一蹭，對，就是這樣。」然後，他驕傲地對藏在草叢裡的熊貓宣佈，說：「這裡是幸福寶的領地，任何熊貓都不得擅自闖入，否則沒有好果子吃！」

幸福寶轉眼一看，草叢裡的熊貓消失不見，鐵頭也被拖走了，他本來想和這些熊貓成為朋友，但是這一切都給阿飛搞砸了！

# 2 失蹤之謎

熊貓山谷的早晨清新而喧鬧，竹林搖曳，婆娑多姿。兩隻金裳鳳蝶在明媚的晨光中起舞，閃爍著金色的翅膀，四處尋找百合花的蜜露。幾隻大熊貓藏在陰暗的角落裡準備狩獵，他們耐心等待著，盼望獵物早點走進他們的伏擊圈，結果希望越大，失望越大，等了一個早晨，都沒有出現一隻獵物，這些熊貓快要餓瘋了。

幸福寶醒來的時候，渾身曬得暖洋洋的，而阿飛睡得正香，他還沉浸在勝利的喜悅裡，幸福寶輕輕地鑽出竹林，站在一塊山坡上，發現落葉滿地，熊貓山谷鋪滿了枯萎的顏色。

「你好，幸福寶。」

幸福寶身後響起一個溫柔的聲音，軟軟的，比山泉還清甜，比百靈鳥的歌聲還悅耳。

幸福寶回頭一看，一隻美麗的熊貓妹妹站在身後，她雪白的皮毛彷彿一塵不染，圓圓的耳朵近乎完美，尤其是她的眼睛，散發著迷人的光彩，像永遠不落的星辰。

熊貓妹妹慢慢靠近，幸福寶有些害羞，他從來沒這樣近距離地和一隻母熊貓接觸過。

熊貓妹妹說：「我的名字叫鈴鐺。」

「鈴鐺，名字真好聽。」幸福寶笑咪咪地說，他抓起一根竹筍，捧到掌心，羞澀地說：「送給你。」

熊貓妹妹瞧著傻乎乎的幸福寶，問：「這是什麼？」

幸福寶說：「是竹筍，很好吃。」

鈴鐺奇怪地問：「你吃這個？」

幸福寶不好意思地說：「有時候，我也吃點肉。」

鈴鐺問：「你真是一隻特別的熊貓，竹筍能吃嗎？」

幸福寶說：「當然能吃，我是一隻流浪的熊貓，並不是每天都能捕捉到獵物，當我挨餓的時候，就用竹筍填飽肚子，你嘗嘗，味道很不錯呀。」

鈴鐺小心地抓起竹筍，塞進嘴裡咬了一口，細細地琢磨著其中的滋味，溫柔地說：「味道有點怪，不過還不錯。」

「笨蛋，熊貓是吃肉的，我們可不吃素！」

山坡下響起一個刺耳的聲音，一隻老熊貓帶著幾隻年輕的熊貓爬過來，老熊貓長著白色的短鬍鬚，兩隻黑眼圈濃濃的，彷彿蘊藏著無窮的智慧。

四隻年輕的熊貓帶著饑餓的神色，其中一隻母熊貓長得特別醜陋，剛才那句刺耳的叫喊，就是從這隻母熊貓的嘴裡發出來的，她生著一口獠牙，黑色的瞳孔裡射出兩道寒光。

鈴鐺笑了一下，笑容好像爛漫的山花，她對幸福寶說：「這是老頑固，這幾隻熊貓叫小白、小黑、小花，還有我的好姐妹辣椒。」

老頑固咳嗽一聲，老氣橫秋地說：「幸福寶，我是這裡最年老的熊貓，我見過很多奇珍異獸，通曉各種野獸語言，我還見識過天地間最奇妙的變化，你這隻熊貓，我卻從來沒有見過。」

「那你見過我嗎？」天空響起阿飛的叫聲。阿飛醒了，但是興奮的勁頭還沒過去，他以為這些熊貓是幸福寶的新朋友，於是輕鬆地落在老頑固的肩頭，用嘴巴梳理起老頑固的鬍鬚。

老頑固一點也沒有生氣，反倒覺得很愜意，他說：「鸚鵡，你叫什麼名字啊？」

「我叫阿飛，是幸福寶最好的搭檔，最好的朋友！」

小白、小黑、小花搖晃著圓圓的腦袋，眼神中透出一絲好奇的神色。

阿飛梳理完老頑固的鬍鬚，展翅飛起，落在三隻年輕熊貓的腦袋上，來回地跳躍著說：「你們可不要小看我，我是一隻有魔力的鸚鵡，讓我猜猜，你們一定是遇到了極大的麻煩，需要幫助，是不是？」

「果然是一隻魔力鸚鵡，一猜就中，真是太神奇啦。」老頑固讚賞地說：「我告訴你吧，熊貓山谷向來是和平寧靜之地，可是近來總有一些熊貓莫名奇妙地失蹤，我們正在調查熊貓失蹤的原因。」

說到這裡，老頑固歎息一聲：「熊貓的狀況大不如前了，從前我們是出名的猛獸，但是現在，熊貓遇到了前所未有的挑戰，熊貓媽媽不得不做出心痛的決定，她們經常要把兩隻熊貓仔仔丟棄一隻，因為殘酷的生存環境，只能有一隻熊貓仔仔能夠成活啊。」說完，老頑固的眼眶有些濕潤，彷彿對熊貓的命運充滿了無限的憂傷。

「幸福寶，這裡有怪獸，專吃熊貓肉。」辣椒陰森森地說，她是隻醜陋的母熊貓，臉上帶著冷酷的神色，緊盯著幸福寶的眼睛，期待他露出恐懼的表情。

鈴鐺說：「你不要嚇唬他，辣椒。」

幸福寶覺得辣椒有點討厭，冷冰冰的面孔一點也不和藹可親，像是一塊臭石頭。

辣椒說：「我沒嚇唬他，這裡每天晚上都有一隻熊貓失蹤。」

辣椒的樣子很認真，不像是騙人，幸福寶感到一陣毛骨悚然！

阿飛不服氣地說：「什麼樣的怪獸，我們沒有見過，我們兩個一起流浪，四處漂泊，經歷過許多神奇的冒險。」

小白、小黑、小花、老頑固同時露出敬佩的目光，他們是老頑固收留的孤兒，從沒到過熊貓山谷以外的地方，全是膽小怕事的小傢伙。

辣椒說：「鸚鵡，別吹牛了，你不過是一隻普通的鸚鵡，有什麼了不起。」

阿飛「哎呀」一聲，他是一隻富有挑戰精神，極要面子的鸚鵡，立刻叫道：「你個小辣椒，以為我是在吹牛麼，我告訴你，不就是一隻怪獸嗎，有什麼了不起，我們會捉住怪獸，讓熊貓山谷恢復往日的寧靜。」

老頑固的眼眶裡溢出幸福的淚水，感動地問：「阿飛，你說的是真的？」

阿飛說：「誠實是鳥類的美德，對不對，熊貓小子。」

幸福寶說：「當然。」

辣椒皺起眉頭，說：「全是胡扯，熊貓小子沒什麼本事，是個打架全靠幸運取勝的傢伙！」

幸福寶臉上一紅，他來了強脾氣，發狠地說：「我可不是吹牛，我倒要看看，這個怪獸究竟長了幾個腦袋！」

阿飛也說：「熊貓們，等著瞧好吧，鸚鵡和熊貓是最佳搭檔，戰無不勝，攻無不克。」還沒取得勝利，阿飛已經對勝利充滿了希望，站在幸福寶的腦袋上縱聲歌唱。

熊貓們瞧著他倆的樣子，將信將疑，辣椒說：「這是兩個騙子。」

鈴鐺說：「我相信他們，幸福寶是一隻幸運而勇敢的熊貓。」

辣椒搖晃著碩大的腦袋，張著一嘴大暴牙，惡狠狠地說：「古老的熊貓種族已經衰落了，根本就不會有英雄出現。」

阿飛和幸福寶在熊貓們的注視下，威風凜凜地離開熊貓山谷，前去尋找怪獸。

他們翻過一個山頭，來到一條大河前面，幸福寶大吃一驚，清澈的河水竟然變得烏黑渾濁。

幸福寶用爪子試了一下，河水黏黏的，帶著一股臭臭的味道。

阿飛說：「熊貓小子，我們低估了怪獸的能力。」

幸福寶問：「什麼意思？」

阿飛說：「這些黑色的液體，可能是怪獸使用的魔法，或者是怪獸留下的糞便。」

幸福寶心中一跳，如果怪獸會使用魔法，熊貓沾到這些黑東西，很可能會被變成一隻笨拙的青蛙，但是等了一會，他的身體並沒有變化，那只剩下一種可能，百分之百是怪獸的糞便！

於是他們決定——在河邊守候，等著怪獸自投羅網。

夜幕很快降臨，恐懼像幽靈一樣瀰漫在叢林深處。

幸福寶的大腦袋上戴著竹葉編織的花環，這是一種巧妙的掩護，阿飛也做好大戰前的準備，特意在泥潭裡滾了一身泥，變成一隻又髒又臭的黑鳥。

烏黑的河流彷彿越發濃稠。幸福寶隱藏在一片黑乎乎的泥漿裡，只露出眼睛和嘴巴，忍受著泥漿中散發出來的濃烈的臭味，寂寞地等待著。

天色越來越黑。忽然，漆黑的樹叢中響起沙沙的聲音，阿飛悄聲道：「目標出現了，趕快行動。」

阿飛催促著幸福寶爬出泥漿，自己卻忍不出率先衝出去，但是他只飛了幾下，立刻跌落在地上，因為翅膀上糊了一層厚厚的黑泥，根本飛不起來呀。

幸福寶大吼一聲撲了上去，對面的叢林中跳出幾隻黑影，在暗淡的月光下浮現出一對對黑白分明的眸子。

是獵人！

幸福寶連想都沒想，就向旁邊一滾，「嗖嗖嗖」，三枝箭貼著他的臉頰擦過。人類是兇猛、狡猾、善使詭計的集體獵手，躲開三枝飛箭，幸福寶立刻向回跑，跑到河邊，幸福寶張嘴咬住阿飛，縱身跳進河水，幸福寶非常清楚，只有渡過這條溪流才可能擺脫獵人的包圍。

霎時間，河岸邊火光通明，猶如一條長長的火龍，獵人的吆喝聲，叫喊聲，響徹夜空。

幸福寶拚命地划水，弄得河水花嘩嘩作響。一個獵人尋著聲音，速度奇快地游了過來，他的手裡舉著一根樺木長矛，向著幸福寶的脖子猛刺。

幸福寶向水下一鑽，躲過長矛的襲擊，但是另一個獵人從側面靠近，緊盯著閃耀的水花，從腰間拔出一把鋒利的石劍，在水面下一劍刺向幸福寶的眼睛。

劍光一閃！

幸福寶扭過臉，張開嘴巴，用鋒利的牙齒咬住石劍的鋒芒，可是阿飛卻落進浪花，不見了蹤跡。幸福寶心中焦急，咬住石劍之後，身體猛地縱出水面，力量之大，那獵人連劍帶人都拽了過來，不等獵人再次發動攻擊，幸福寶的爪子已經拍在獵人的腦袋上。

獵人的腦袋一歪，有些暈頭轉向，手中的火把落在水面上，一股黑色的液體隨著浪花沖來，火把不僅沒有熄滅，反倒「呼」地燃燒起來，在水面劈啪作響，一道火光從河心竄起，熊熊大火在水面蔓延開來，燃燒起一片大火。波光，水光，火光，動盪搖曳，將漆黑的夜幕點亮。

# 3 熊貓獵人

河岸邊站滿了獵人，幸福寶驚慌失措，在動盪閃亮的火光下，他完全暴露在獵人的視線裡。

這些獵人生得高大威武，渾身的肌肉像岩石一樣堅硬，他們的裝束異常恐怖，臉上塗抹著古怪的黑白圖畫，戴著獸角製做的頭盔，武器有石刀、石斧、長矛，又輕盈又鋒利。

最讓幸福寶恐懼的是，這些獵人的腰間繫著黑白相間的熊貓皮，一個首領模樣的大漢，頭頂著一對漆白的野牛角，裹著一整張黑白兩色的熊貓皮，大聲怒吼，縱身下河，他的目光充滿了貪婪，一眨不眨地盯著幸福寶。

幸福寶被燃燒的火焰烤得面紅耳赤，兩條穿透波浪的火龍在河面上滾動，形成一片火海，獵人驚恐地後退。

幸福寶吸了一口氣，迅速沉到水中，黑色的液體在河面上燃燒著熊熊火焰，河面之下卻很涼爽，幸福寶順著冰冷的暗流向下游潛去，大大小小的魚兒屍體浮現在河面上，被流動的火焰燒得面目全非，但是他沒有發現有張大網沉浸在昏暗的水波中，極難被發現，那是獵人設下的圈套。

幸福寶在水裡游得迷迷糊糊，一頭撞進大網，河岸上的獵人則咯咯大笑，開始收網，他們以為網裡是一條大魚，沒想到竟然是一隻熊貓。

幸福寶感到了真正的恐懼，這些獵人特別喜歡熊貓的皮毛，他們是一群熊貓獵人！

幸福寶被大網纏住了，他越是掙扎，魚網收得越緊，熊貓獵人笑顏逐開，一隻閃爍著水珠的熊貓被打撈上來，在火焰的照射下顯得楚楚可憐。

熊貓獵人將大網勒緊，幸福寶把下巴緊貼在胸口，顯示出溫順而馴服的樣子，這一舉動博得了熊貓獵人的好感，他們把漁網弄得鬆弛了一點，好讓幸福寶更舒服一些，然後扛起幸福寶行走如飛，一直向南連翻三座大山，回到自己的領地，只留下一條火光閃耀的大河。

鬱鬱蔥蔥的密林中聳立著一道險峻山嶺，猙獰的岩石滿山遍野，山峰頂端聳立著一座宏偉石城。城門前有兩扇高大木門，手持長矛的武士在城頭巡邏，幸福寶驚歎人類的創造力如此強大，從沒想過人類的窩可以建造得如此巍峨堅固，宛如一隻巨大的龍獸俯臥山巔！

城門大開，熊貓獵手抬著幸福寶走進石城，裡面篝火熊熊，熱浪滾滾，好多老人與孩子前來圍觀，好像幸福寶是一件奇珍異寶。

石城的正中有一座祭壇，獵人首領威風凜凜地站在一塊巨石上，頭插羽毛的巫婆從燃燒的烈火中取出一片熾熱的龜殼，用石刀在龜甲上面刻出一些彎曲如蟲的圖案。獵人把幸福寶帶到一排低矮的石牢前，裡面關押著各種被獵人捕獲的野獸。獵人打開牢門，把幸福寶拋了進去，幸福寶翻了幾個跟斗，逗得獵人咯咯大笑。

等獵人逐漸散去，寂靜中傳來熟悉的呼喚聲，「幸福寶，幸福寶。」

幸福寶跑到牢門前一看，隔著粗糙的木柵欄，老頑固、鈴鐺、辣椒、小黑、小白、小花，萎縮在其餘的石牢裡面。石牢裡還關押著一些孔雀，驕傲得不得了，好像他們不是囚犯，而是獵人的朋友。

幸福寶問：「你們怎麼也被捉了？」

辣椒沒好氣地說：「傻熊貓，還不是因為你，你一把火將熊貓山谷給燒了個精光，我們在山林裡沒法藏身，只好跑出來，被獵人逮個正著。」

幸福寶望了望北方天空，熊貓山谷的方向，夜空中火紅一片，閃閃發亮。

老頑固說：「噓，別說話，這些獵人很兇殘，他們喜歡熊貓的皮毛。」小黑、小白、小花緊咬嘴唇一聲不吭，臉上的肌肉不停地顫動，害怕極了。

辣椒說：「熊貓小子，你是隻倒楣蛋，自從遇見你以後，熊貓族的運氣全無，沒有一件順心的事。」

小白、小黑、小花立刻把這筆帳記在幸福寶的頭上，朝著幸福寶瞪眼。

幸福寶安慰他們說：「我們一定要逃出去。」

老頑固歎息著說：「絕不可能，城堡裡面機關重重，熊貓怎麼能逃得了啊，看來，熊貓一族的命運就此終結了。」

幸福寶說：「不要洩氣，你們知道人類最厲害的是什麼嗎？」

「是什麼？當然是武器！」辣椒說：「他們的矛能穿透犀牛皮，他們的盾能抵擋劍齒虎的攻擊！」

鈴鐺說：「人類最厲害的，是他們比猴子更聰明。」

小黑、小白、小花都在拚命地想，他們覺得人類很厲害，可是想不出為什麼厲害，所以想了一會，恐懼沒了，睏意上來了，摟在一起打起了呼嚕。

幸福寶說：「我覺得人類最厲害的是思想。」

「思想是什麼？」辣椒問。

幸福寶說；「就是想法，懂嗎，人類最厲害的是他們的思想，修建這座城堡是他們最大的盾，而他們最鋒利的武器，是他們的殘忍。」

鈴鐺說：「你的意思是，獵人在用殘忍來嚇唬野獸嗎？」

幸福寶風趣地說：「有的時候，他們也嚇唬自己。」

「哇，熊貓小子，你說的話很有道理。」一隻五彩斑斕的身影從空中飄落，正是鸚鵡阿飛。

幸福寶的眼眶有些濕潤，「阿飛，我還以為你——」

「啊呸！」阿飛說，「熊貓小子，鸚鵡神通廣大，沒了我這個好搭檔，熊貓小子怎麼能戰無不勝呢。」

辣椒說：「別吹牛，把我們救出去，才算你有本事。」

阿飛眼珠一轉，竟然像巫婆一樣，在石牢上面跳起古怪的舞蹈，用爪子在石頭上抓出尖銳的聲音，張著翅膀呱呱地大叫，好像生怕那些獵人不知道鸚鵡的存在一樣。

辣椒說：「這隻鳥瘋啦。」

老頑固說：「幸福寶，快點阻止你的朋友，如果他把瘋病傳給我們，我們也會瘋掉的。」

幸福寶笑咪咪的，好像在欣賞鸚鵡的表演，辣椒喃喃自語地說：「熊貓小子也瘋了，我們完蛋啦。」

但是，鸚鵡的喧鬧引起獵人看守的注意，他們發現只是一鸚鵡在吵鬧以後，又閉上了眼睛昏昏睡去，因為一隻破鳥沒什麼可怕。

阿飛要的就是這樣的效果，瞧見兩個看守昏沉睡去，他「刷」地收住舞步，目光如劍，驕傲得像個戰士，走到牢門前，低聲喝道，「救兵來了嗎？」

熊貓們朝著牢門外瞧了瞧，四周空蕩蕩的，連個鬼影子都沒有，辣椒說：「這隻鸚鵡瘋得還不輕。」

幸福寶狐疑地問：「阿飛，什麼救兵，在哪？」

「這呢，熊貓小子。」一個細微的聲音叫著，彷彿用了最大的力氣，卻發出最小的聲音。

幸福寶低頭一看，原來是一隻白色螞蟻。

辣椒用爪子捂住嘴巴，儘量不讓笑聲飛出滿嘴獠牙，悄聲說：「哈哈，什麼救兵，原來是一隻小螞蟻，這小東西能有多大的力量，可以拯救我們？」

「可不要瞧不起我們喔，熊貓在地球上出現，也不過兩、三百萬年，螞蟻的祖先在兩億年前的二疊紀就已經出現啦。」一隻小白蟻自豪地說。

老頑固來了精神，撚著鬍鬚說：「沒錯，這些古老的白蟻，比熊貓的歷史更悠久。」

小白蟻發出一聲號令，立刻有了回應，石牢的縫隙，陰影，甚至是熊貓腳下的泥土，鑽出一行行一縷縷的白蟻，白蟻越聚越多，爬滿了熊貓的身體。

熊貓們像岩石一樣一動不動，因為這些白蟻很厲害，白蟻愛吃木頭，白蟻中的兵蟻分成兩類，一類是大顎兵蟻，上顎好像一把鋒利的魚叉，一類是象鼻兵蟻，腦袋長得好像猛獁象的鼻子，非常的兇猛頑強！

白蟻衝向牢門，幸福寶覺得很好玩，問：「阿飛，這些螞蟻是你的朋友？」

「當然。」阿飛得意地說，「他們是我特意請來，幫助熊貓逃跑的。」

一隻小白蟻爬進幸福寶的耳朵，說：「告訴你，雖然我們叫白蟻，其實我們和螞蟻完全不是一族。」說完，一溜煙地跑回螞蟻的隊伍裡，朝著木頭牢門衝去，喀嚓喀喀地啃起木頭。

不過，白螞蟻終究是低階的半變態昆蟲，他們的智慧沒有阿飛想的那麼高，一大群工蟻圍著一根圓木樁，沒頭沒腦地大吃大嚼。

這時候，清晨的曙光穿透稀薄的雲層，投射下金色的陽光，在城堡裡撒歡似的亂跑，幾個祭司模樣的傢伙，披著鮮豔的孔雀羽毛，臉上抹著黑白兩色的圖案，跳著舞蹈，向祭壇走來！

阿飛噓了一聲，「隱蔽！」

白蟻們迅速撤離，一個祭司低著腦袋前來查看牢房，幸福寶閉上眼睛，伸出半截舌頭，喬裝出酣睡的樣子。其餘的熊貓學習幸福寶的樣子，其實，熊貓們的屁股和後背爬滿了躲藏不及的白蟻。

關在石牢裡的孔雀並不甘心，斜楞著眼睛，大叫道：「有奸細，有奸細，熊貓要逃跑。」一隻雄孔雀乾脆將尾巴豎起，刷地展開，發出尖銳的警報聲！

幸福寶忽然緊張起來，好在祭師聽不懂孔雀的尖叫，只向石牢裡看了一眼，放心離去。

祭壇上充滿殺氣，城堡裡的居民湧向祭台，發出雜亂的呼喚，嗡嗡聲淹沒了孔雀的尖叫，孔雀們喊得聲嘶力竭，連喉嚨都啞了，一隻孔雀更惡狠狠地說：「熊貓，你們跑不掉的，大祭司會殺掉你們，嘿嘿。」

辣椒忍不住睜開眼，露出鋒利的牙齒，「壞鳥，再多嘴多舌，我吃了你！」

孔雀們立刻老老實實地閉緊了嘴巴。

# 4 熊貓的魔力

過了一會，牢房前安靜下來，阿飛的身影又重新出現，他對白蟻說：「快點行動，熊貓們再不逃跑，就要玩完啦！」

白蟻們潮水一般湧出，喀嚓喀嚓地咬著石牢的木門，祭臺上的儀式還在熱烈地進行，鼓手敲起野牛皮製造的長鼓，咚咚咚，震顫人心！

地牢的木門很快被白蟻咬出一個大洞，幸福寶看準時機，一頭撞破牢門衝了出來。老頑固、鈴鐺、辣椒、小白、小黑、小花，以及其餘牢房裡的熊貓也跟著紛紛破門而出，但是熊貓根本不團結，大家一衝出牢房就各奔東西，沒有一隻熊貓再聽從阿飛和幸福寶的指揮。

阿飛還想上前指揮，卻被一隻熊貓用爪子一撥，差點犧牲在熊貓爪子下，只好飛到一邊生悶氣。

到處都是四散逃命的熊貓，城堡裡剎時沸騰起來，熊貓獵人揮舞著武器，怪叫著跑了過來，幾隻熊貓立刻倒在血泊中，其餘的熊貓更加恐懼，跑得快如疾風，遇見那些瘦弱的獵人，這些熊貓變得兇猛異常，幾爪子把獵人打得暈頭轉向，接著繼續逃命。

石城中到處是高大的牆壁，熊貓們有些迷惑：「往哪逃啊？」好在阿飛早已擬定了一條逃生之路，他飛了過來，大喊一聲：「跟我來！」

於是，鸚鵡在前面飛行，引領著熊貓們，鑽進一條幽靜的小巷。可是熊貓獵人從四面包圍過來，那些熊貓弓箭手張弓搭箭，射出一片密集的箭雨！

阿飛見勢不妙，對熊貓們大叫：「快趴下。」

熊貓們立刻一隻接一隻，四爪攤開，緊緊地趴在地上，撅起渾圓的屁股，等羽箭飛過以後，繼續爬起來逃命。

幸福寶覺得自己從來沒有這樣狼狽過，獵人追蹤的腳步聲越來越近。阿飛在天空吹了個口哨，示意熊貓們隱蔽起來，他自己則迅速鑽進一間低矮的石屋。

石屋裡安靜而祥和，只有一個光屁股的娃娃，娃娃好奇地盯著這幾隻熊貓，咯咯一笑。

熊貓們沒理會這個不會講話的娃娃，分頭隱藏起來，各顯神通。小白、小黑、小花直奔一條水槽，三隻肥胖的小熊貓將肉滾滾的身體拚命擠進石槽下面的縫隙，等辣椒要往裡面爬的時候，三隻熊貓齊聲說道：「快點走開，這裡滿了，沒有多餘的地方。」

「小氣鬼。」辣椒氣憤地罵了一句，好在鈴鐺向她招手，兩個好姐妹彼此擁擠著，藏在一座石匣裡。

看見老頑固鑽到一座石床下面，幸福寶也想鑽進去，但是老頑固說：「到別處去吧，這裡容不下兩隻熊貓。」

幸福寶只好爬出來，轉眼發現牆上的一簇羽毛在微微抖動：「哈，那是阿飛，這傢伙隱藏得真是巧妙，鑽進一簇獵人佩戴的羽毛裡面，想來個以假亂真！」

幸福寶正愁無處藏身，忽然靈機一動，他瞪直眼睛，癟著肚子，趴在牆角，把娃娃摟在懷裡，把自己喬裝成一張熊貓地毯。

凌亂的腳步聲伴隨著幾個兇悍的獵人衝了進來，他們朝屋子裡掃視一眼，並沒有發現異常，便匆匆離去。

石屋內外重新安靜下來，危險解除了，阿飛從亂糟糟的羽毛裡鑽出來，化成一道彩色光影飛出去偵察情況。

老頑固從石床底下鑽出來，嘴裡說著，「好險，好險。」

鈴鐺和辣椒幾個聚集過來，吃驚地看著幸福寶和小娃娃玩得興高采烈，小娃娃摸摸幸福寶的耳朵，玩玩爪子，臉上露出甜美的笑容。

忽然，阿飛滿頭大汗地飛進來，說：「大事不妙，獵人封鎖了城堡，我們無路可逃了。」

聽了這個消息，熊貓們變得異常地暴躁，辣椒一口向娃娃咬去，但是幸福寶早有防備，用腦袋一頂辣椒的嘴巴，辣椒摔了一跤，兇狠地說：「熊貓小子，你想領教一下我鋒利的牙齒嗎，反正我們也走不掉了，我要先吃掉獵人的小崽子。」

幸福寶說：「不行，我們從不傷害人類。」

辣椒說：「你想做熊貓的叛徒？」

「不，我要保護他，他是一個幼小可愛的生命。」幸福寶望著胖娃娃黑溜溜的大眼睛，實在是可愛，他絕不容許胖娃娃受到任何傷害。

辣椒說：「熊貓小子，你激怒了我，我要和你來一場決鬥！」

老頑固發話了：「吵什麼吵，現在最主要的是逃命。」

突然，幸福寶大聲說道：「我已經受夠了你們這些膽小鬼，一遇到困難就成了沒頭的蒼蠅，膽小自私，還有點自以為是，我受夠了你們這些傢伙，我要自己走了，你們不要跟著我。」說完，他偷偷地向阿飛使個眼色。

阿飛明白了熊貓小子的意思，熊貓小子是故意這樣說的，他要自己帶著這些傻熊貓突圍，而熊貓小子要掩護這些熊貓突圍。這是一隻多麼高尚的熊貓呀。可惜這些傻熊貓完全沒理解幸福寶的用意，一聽幸福寶要單獨逃跑，這些傢伙全都露出咬牙切齒的樣子，只有鈴鐺悲傷地說：「幸福寶，別走，這樣不好。」

幸福寶哼了一聲，裝出一副冷漠的模樣，他沒理會鈴鐺，向娃娃的雙腿間一鑽一拱，娃娃咯咯一笑，騎到幸福寶的背上，然後幸福寶邁開大步衝出石屋，外面有一條直通祭壇的大道，祭壇建在城堡的最高處，有一道瀑布從天而降，能鳥瞰整座城堡。

幸福寶的出現實在讓所有的熊貓和獵人都感到意外，他立刻被獵人們發現了！

熊貓獵人的凌厲目光全部集中在幸福寶身上，他們如同旋風似的圍攏過來，有人要放箭，但是有人大聲喝斥，因為他們發現了騎在幸福寶背上的胖娃娃。

幸福寶飛快地跑上石階，石階的頂端是祭壇，那是一整塊方形巨石，旁邊是那條深不可測的瀑布。

瞧著幸福寶一路暢通無阻地登上祭壇，獵人們露出得意的笑容：「祭壇是一塊絕地，這隻熊貓跑不了啦。」

祭壇的旁邊只有一條寬闊的瀑布，湍急的水流好似一條銀龍扎進萬丈深淵，連接深淵的是一條滾滾大河，發出春雷般的轟鳴，泡沫飛濺，猶如漫天飛雪。

熊貓獵人走上石階，慢慢地逼近這隻熊貓，幸福寶面對著獵人貪婪的目光，伸爪把胖娃娃抱在懷裡，露出鋒利的牙齒，獵人們忍不住閉上眼睛，但是幸福寶沒有傷害胖娃娃，而是親了親胖娃娃的臉，他要告訴人類，野獸和人類其實可以成為朋友。

不過，獵人並不領情，一個狡猾的獵人偷偷摸向幸福寶身後，舉起長矛刺向熊貓的背心，幸福寶驀地一回頭，嚇得偷襲的獵人又跳了回去。

胖娃娃很乖，張開一雙粉嫩的小胖手，抓著幸福寶的耳朵，好像熊貓的耳朵是他最愛的玩具，幸福寶覺得娃娃可愛極了，心中的恐懼減輕了好多，他抬起大腦袋，目光從獵人的縫隙間穿越而過，看見阿飛正帶著熊貓們悄悄地溜向城堡的大門。

哇！

幸福寶的懷裡傳來一聲啼哭，胖娃娃哇哇大哭起來。

胖娃娃的這一哭來得正是時候，獵人們的目光都緊盯著這隻熊貓，幸福寶慌了，而獵人們以為胖娃娃受到了傷害，紛紛舉起了武器，朝著幸福寶怒目而視！

幸福寶不由得鬆開了胖娃娃，一個女人呼喚著娃娃的名字，胖娃娃立刻止住哭聲，咯咯地笑著，在媽媽的召喚下，跑到媽媽的懷抱，開始貪婪地吮吸起媽媽的乳汁。

幸福寶鬆了一口氣，原來是胖娃娃餓了，在如此溫馨的時光裡，連兇狠的熊貓獵人也垂下了武器，露出一副和藹可親的樣子。

四周寂靜下來，鴉雀無聲。幸福寶的一舉一動，讓獵人們對這隻熊貓充滿了好奇。沉默了片刻，胖娃娃喝足了奶汁甜蜜地睡去。兇狠的熊貓獵人忽然爆發出一團殺氣，舉起一片亂蓬蓬的長矛，朝著幸福寶刺來。

幸福寶一點也不怕，迎著面前飛來的一片寒光，他向後一竄，用盡最大的力量，高高跳起，動作快得像風！

獵人的長矛刺空了，幸福寶一個漂亮的後空翻，全身騰空而起，從祭壇上飛了出去，直衝進瀑布裡面，他想抓住瀑布上空伸展出來的一根樹枝，只是差了那麼一點點，被瀑布的激流一沖，倏地向深淵下面墜落！

幸福寶閉上眼睛，隨著水流一瀉千里，他幻想著自己的屍體將變成一棵大樹，或者被食腐動物吃掉。

但是，幸福寶的運氣真的很好，深淵下面並不是堅硬的岩石，而是生長茂密，縱橫交錯的青藤。他暈頭暈腦地撞到一條青藤上，三根青藤被幸福寶撞斷了，但是無數道青藤好像一張編織柔密的大網，將幸福寶的身體反彈了起來，然後又輕柔地落下。

幸福寶的腦門被青藤上的荊棘劃出好幾道口子，他伸出爪子抹了抹傷口，弄得滿臉血跡，然後在青藤上蕩來蕩去的，好玩極了。等到玩累了，幸福寶才緩緩地在動盪的青藤上停止了搖擺。

幸福寶趴在一根堅韌的青藤上喘息了一會，絕處逢生的喜悅讓他又充滿了希望和力量。耳邊水聲隆隆，他長長地喘了口氣，想好好地休息一會。

瀑布如同一面奇異的水晶石，折射著燦爛的七色陽光，將天空渲染得五顏六色，又如同一條垂掛的巨龍，注入水潭發出巨大的轟鳴，幸福寶覺得自己來到了一個仙霧繚繞，鳥語花香的仙境。

過了很久，幸福寶還在上面睡了一小會，這才順著青藤慢慢地爬向地面，當他快要墜落到地面的時候，立刻嗅了嗅空氣裡的味道，咦？空氣裡有一絲危險的氣息！

忽然，一條黑森森的影子，速度極快地從一棵杜鵑樹後面衝了出來，直接將幸福寶撲到在地，黑影用一對鋒利的爪子按住熊貓的雙肩，厲聲喝問：「哪來的野小子？」

幸福寶從沒見過這樣一頭陌生的野獸——這傢伙很兇，黑森森的瞳孔裡釋放出騰騰殺氣，巨大的下巴有點像鬣狗，但從體型上判斷，他不是鬣狗，他的腿很細很勻稱，灰白的毛色沒有斑點，只在眼眶上點著一圈白色的圓斑，好像一對雪白的眉毛！

忽然，旁邊響起一個聲音，「問問他是不是一隻熊貓，檢查他的耳朵，毛色和尾巴。」

長嘴巴野獸掃視著幸福寶的面孔，喃喃自語地說：「圓耳朵，短尾巴，肉肉乎乎的，沒錯，但是臉色不對，這小子是個紅臉，熊貓應該是黑白花臉，喂，你是一隻熊貓嗎？」

這時候，幸福寶聰明地撒了一個謊：「不是。」

「那你的身體怎麼胖胖的，還有你的黑白毛色，怎麼解釋？」

幸福寶鎮定地說：「我是一隻貓虎。」他胡亂地編造一個名字，為的是聽上去，極像一隻吃肉的猛獸。他的雙爪用力一推，長嘴巴野獸竟然無法抵抗他的力量，向後退了幾步！

幸福寶故意打了一個飽嗝，抖抖肥胖的身體，露出鋒利的牙齒，展示出熊一樣的力量，陰森地說：「你又是什麼傢伙，敢用這樣的口氣跟我說話？」

「我是恐狼血刃！我聽說過劍齒虎、祖獵虎，但沒聽說過貓虎！」血刃說著，一刻也沒有放鬆對幸福寶的警惕。

兩棵巨大的雲杉後面走出兩道黑影，原來還有兩隻恐狼躲藏在樹後，其中一隻的背上有條黑色花紋，而另一條的臉頰上佈滿傷疤，彷彿經歷過無數場惡戰！

生著黑色條紋的恐狼，用尖細的聲音問：「貓虎，你好，我是恐狼詭刺。」

滿臉傷疤的恐狼說：「我是老大野王。」

野王的臉孔陰沉似水，縱橫的傷疤讓他顯得猙獰無比，他的頭很大，嘴巴特長，獠牙鋒利，因此說話的時候露出七分霸氣！

幸福寶說：「你們尋找熊貓幹什麼？」

「你見過熊貓嗎？」野王問，「我們是從北方冰原來的，聽說熊貓肉好吃極了。」

幸福寶坐在一棵樹墩上，平穩住慌亂的心情，問：「你們還沒見過熊貓吧？」

「沒錯。」血刃說，「如果你可以帶我們找到熊貓，我們可以分你一份熊貓肉！」

幸福寶心中大樂，表面卻裝出小心翼翼的樣子，說：「我見過熊貓，但是熊貓肉沒有你們想的那麼好吃，而且熊貓個個兇猛，一點也不好對付，熊貓還有種邪惡的魔力，你們瞧瞧我的樣子就明白了，我原來不是這樣子，我的樣子和劍齒虎很像，就是因為吃了熊貓肉，所以才越來越胖，相貌也變得不倫不類，真是愁死我啦！」

聽了幸福寶的陳述，三隻恐狼大吃一驚，沒想到吃熊貓肉還有這麼多的危險，血刃轉臉對野王說：「老大，這熊貓肉是吃不成了。」

詭刺說：「我倒是想嘗嘗，熊貓肉是什麼味道。」

野王沒吱聲，他用冰冷的目光盯著幸福寶，幸福寶明白，憑著幾句瞎話，沒法騙過這三隻老辣的恐狼。

於是幸福寶說：「跟我來，我帶你們去找熊貓。」

# 5 飛翔的快樂

幸福寶帶著三隻恐狼走出密林，一直走了兩天，卻連個熊貓的鬼影都沒發現。眼看又是一個黃昏，夕陽沉入地平線，天地的光芒漸漸被黑暗籠罩。前面是一座黑沉沉的山嶺，荊棘密佈，山石林立，陰冷的山風吹來一股神秘的氣息。

幸福寶向山坡上爬去，詭刺問道：「喂，先等等，山上有熊貓嗎？」

幸福寶說：「我不敢肯定山上究竟有沒有熊貓，但是熊貓不是傻瓜，不會送上門來讓你吃，如果你想有所收穫，得主動出擊，明白嗎！」

「貓虎說的沒錯，快點跟上，別囉嗦。」野王不耐煩地說。

幸福寶暗自發笑，他專挑崎嶇險峻的山路攀登，三隻恐狼跟在後面叫苦連天，因為恐狼不善於攀爬，在岩石叢中上上下下，被折磨得筋疲力竭。

詭刺在後面喊道：「老大，找了這麼久，還沒有熊貓的影子呀？」

幸福寶代替野王回答：「因為熊貓這東西太狡猾，經常隱藏在你看不見的地方，一有風吹草動，早就逃之夭夭了。」

野王說：「言之有理。」

血刃抬起一隻磨得起泡的爪子，沮喪地說：「不行了，實在爬不動了，老大，休息一下吧。」

「嗯。」野王點點頭，嗷地一聲長嚎，試探性地呼喚同伴，但是茫茫叢林並沒有回應。

幸福寶靠在一塊岩石上，笑咪咪的。三隻恐狼也把屁股一沉，坐在草叢裡大口地喘氣。

幸福寶感覺恐狼的耐性快要被磨光了，他問：「你們為什麼來這裡，僅僅是為了吃熊貓肉？」

血刃是一隻心直口快的恐狼，他說：「恐狼是草原上的精靈，我們一直在北方生活，但是天地變化無常，火山爆發，冰川融化，洪水吞沒了雪原，野獸在北方已經無法生存了，所以我們一路向南，準備來這裡碰碰運氣。」

野王說：「我們想在這裡擴展新的領地。」

詭刺用一雙懷疑的目光盯著幸福寶說：「你究竟能不能找到熊貓，我的肚子現在很餓。」

幸福寶嗯了一聲，心頭怦怦亂跳，要是恐狼賴在這裡不走，那可是對熊貓一族的最大威脅，必須讓這些傢伙多吃苦頭，讓他們知難而退，於是說：「放心好了，等找到熊貓，我們就大吃一頓。」

忽然，詭刺向野王眨了眨眼，野王不動聲色地盯著幸福寶頭上的草叢，三隻恐狼立刻散開。

幸福寶的頭上傳來細微的聲音，幾顆細小的沙礫滾落下來。幸福寶覺得不妙，立刻跳下岩石向前一滾，一塊尖銳的大石貼著他的脖子劃落過去，這塊石頭又沉又重，落在岩石叢中碰撞出一溜火星。

幸福寶嚇出一身冷汗，抬頭望望，一個黑白色的身影在草叢中一閃不見。

「一隻熊貓！」血刃大叫一聲，沿著側面的斜坡，閃電一般飛撲上去，詭刺則從另一面包抄過去。

野王沒動，他盯著幸福寶的一舉一動。

幸福寶當然明白，恐狼並沒有真正的信任自己，野王是一個沉著，冷靜，果斷，兇狠的首領，他一直在監視自己。

幸福寶迅速行動，縱身跳到一塊岩石上，大叫著：「熊貓，你跑不了啦。」跟在血刃的後面緊追不捨。

密林中的黑白身影速度飛快地向山坡下跑去，果然是一隻熊貓，黑白花色的皮毛在陽光下閃閃發光。

血刃的速度快如閃電，他最先追上這隻熊貓，然後認真地確定目標，這個黑白兩色的東西符合熊貓的一切特徵，圓乎乎的腦袋，圓滾滾的身子，短尾巴，黑耳朵，黑眼斑，絕對是一隻熊貓，一點沒錯！

血刃加快速度，後腿發力，前爪如同刀鋒一般，刺向熊貓的屁股，他要給這隻熊貓重創，讓他難以逃脫，然後再慢慢折磨這隻熊貓。

血刃的攻擊無比犀利，一隻笨拙的熊貓根本無法抵擋，詭刺得意地放慢了速度，勝券在握。

但是，血刃的爪子剛一沾到熊貓的尾巴，這隻熊貓猛然一個急停，前爪如同標槍一樣插進泥土，一雙肥大的後爪呼地揚起，朝血刃的腦袋猛踢！

血刃見識過這樣的反擊招術，這是身材高大的食草動物經常使用的防禦招術，沒想到一隻低矮的熊貓也能使得出來，血刃措手不及，腦袋重重地挨了一下，頭昏腦脹地滾進一片草叢裡面。

詭刺嗷地叫了一聲，他的戰鬥力沒有血刃強悍，不敢和一隻熊貓單打獨鬥，他迫切地呼喚老大前來，進行前後夾攻。

野王滿腔怒火，飛奔而來，血刃的挫敗讓野王的臉上發燒，他狠狠地叫道：「給我閃開，我要撕了這隻熊貓！」

幸福寶來不及阻止，野王的速度像風一樣快，但是幸福寶不想輸給野王，更不想讓恐狼傷害任何一隻熊貓，於是將身體團成一個肉球，順著山坡上一道柔軟的草坪滾了下去。

野王不聲不響地撲到這隻熊貓身後，張開鋒利的牙齒，從側面撕咬熊貓的脖子，他要給這隻熊貓放血，就像對付一頭高大健壯的野牛一樣，但是這隻熊貓非常棘手，向旁邊一閃，躲過野王的致命一擊，然後將腦袋一甩，大力地頂在野王的下巴上。

砰！

野王的腦袋嗡嗡作響，眼前直冒金星，搖晃了兩步，差點栽倒在地，他勉強穩住身體，心裡感到無比的震驚——「這隻熊貓好厲害，腦袋居然比石頭還硬，完啦，完啦，熊貓肉吃不成啦！」

野王正在胡思亂想，幸福寶從後面滾了下來，如同一個肥嘟嘟的大肉球，結結實實地砸在野王的後背上！

野王大叫一聲，四爪騰空，和詭刺撞到了一起，一隻熊貓兩隻恐狼摟成一團，向後翻滾，正巧血刃搖晃著站起來，發現一團黑影撲來，他張嘴就咬，詭刺發出一聲慘叫，血刃差點把他的爪子咬掉！

幸福寶和恐狼摔進一片深深的草叢，三隻恐狼被幸福寶壓在下面嗚嗚地亂叫，但是幸福寶還想賴在三隻恐狼的身上，他不想起來，假裝迷糊，好給那隻熊貓騰出足夠的時間逃跑，卻忽然聽見一個熟悉的聲音，憤恨地罵道，「幸福寶，你這個大叛徒。」鐵頭！

這隻熊貓竟然是鐵頭！

幸福寶立刻跳了起來，但是鐵頭的身影已鑽進一片竹林，他的目光凶巴巴的，釋放著仇恨的光芒。

幸福寶很想解釋兩句，三隻恐狼卻爬了起來，盯著滿頭大汗的幸福寶雙眼發直。

幸福寶知道壞了，汗水沖淡了臉上的血跡，紅臉變成了花臉。

三隻恐狼迅速把幸福寶包圍起來。

幸福寶咯咯一笑：「不好意思，我露餡啦。」

詭刺說：「熊貓果然狡猾，老大，這絕對是隻熊貓，還欺騙我們，說是什麼貓虎，熊貓小子是一個大騙子。」

野王說：「熊貓小子，報上名來！恐狼的爪下，不死無名小輩。」

幸福寶在草叢裡一躺，說：「我叫幸福寶。」

幸福寶？

三隻恐狼相互交換了一下狡猾的眼神，幸福寶躺在草叢裡，而不是擺出決戰的架勢，難道這是熊貓的怪招，野王提醒說：「別攻擊熊貓的腦袋，熊貓的腦袋比石頭還硬。」

「也別攻擊他的後爪。」血刃補充道，「熊貓後爪的力量絕對不比野牛遜色。」

這樣一來，三隻恐狼竟然不知道該如何攻擊一隻熊貓，團團亂轉，猶豫不決。野王是老大，他經驗豐富，十分老辣，低聲說道：「不管熊貓有什麼詭計，先拖住他！」

三隻恐狼蹲在地上，六隻眼睛眨也不眨地盯著熊貓，他們有足夠的耐性和時間，他們要和這隻熊貓拚命到底！

時間如同水滴，一點一點地流逝。

三隻恐狼趴在草叢裡耐性十足，卻不敢輕舉妄動，等到天色完全黑暗下來，幸福寶還沒有動靜，三隻恐狼有些疲倦和急燥。

詭刺悄聲問道：「老大，熊貓是不是想耍我們？」

血刃說：「極有可能，他除了睡覺，好像沒有什麼特殊的本領！」

野王擺了一下腦袋，向血刃發出一個暗示，讓他刺探一下熊貓的虛實。血刃奮勇上前，幸福寶忽然跳起，大吼一聲，張開大嘴，吼了一聲，人立而起，全身肥胖的肌肉抖動起來，顯示出超強的力量！

沒等血刃衝到面前，幸福寶呼了他一巴掌，血刃一低頭，躲過幸福寶的爪子，迅速退後三尺。

幸福寶拿出拚命的氣勢，還真把三隻恐狼給嚇唬住了。

不過，恐狼是兇猛的野獸，面對獵物不會輕易撒手，正要使出絕技獵殺幸福寶。

幸福寶卻抓過一根嫩竹，動作極快地爬了上去，他想爬到竹子上面，躲避恐狼的進攻，但是這根嫩竹有點細，隨著幸福寶向上爬，竹子開始變得彎曲，彎到一半的時候，出現了可怕的情況。

喀嚓！

竹子斷了，幸福寶重重地摔在地上，他抓著斷裂的竹子爬起來，屁股摔得生痛。

三隻恐狼哈哈大笑，失而復得，熊貓肉又掉到了嘴邊，這隻熊貓是個笨蛋，弄巧成拙啦。他們笑得前仰後合，野王說：「幸福寶，放棄吧，被我們吃掉，是你唯一的選擇。」

幸福寶說：「不！」

三隻恐狼仰天長嘯，他們已瞧出熊貓的意圖，不等幸福寶竄到另一根竹子前面，他們閃電一般圍住熊貓，露出一臉的壞笑！

三隻恐狼形成一個鐵三角，將幸福寶圍在中心，如果幸福寶攻擊一隻恐狼，另外兩隻恐狼就會乘虛而入。

幸福寶抓著斷裂的竹子，不知道該怎麼擺脫眼前的困境，只好摟著斷竹，在原地打轉，不讓恐狼靠近。

轉了兩圈，幸福寶忽然想起熊貓獵手的長矛，竹子斷裂的一端，彷彿獵人的長矛一樣鋒利，他抱著竹子向血刃刺去，果然，血刃害怕了，向旁邊一跳，鋒利的斷竹可以輕易刺穿恐狼的身體。

幸福寶發現了斷竹的妙用，快樂地揮舞著斷竹，把三隻恐狼在竹林裡撵得雞飛狗跳。三隻恐狼一邊繞竹子飛跑，一邊大叫：「熊貓小子，你好狠，別以為會玩竹子，就可以對付我們。」

幸福寶完全沉浸在使用武器的快樂中，血刃和詭刺跑得老遠，只有野王還在和幸福寶周旋，盼望著熊貓露出破綻。

果然，幸福寶一招沒用好，斷竹橫卡在兩根嫩竹子之間，兩根嫩竹被斷竹壓得彎彎的。

熊貓小子終於露出了破綻，野王縱身撲來！

幸福寶抽不回斷竹，沒法還擊，但是另一種反彈的力量從壓彎的竹子上傳遞過來，不等野王從後面咬到熊貓的屁股，幸福寶向上一縱身，好像生出了一對翅膀，身體瞬間飛離了地面，像小鳥一樣從野王的頭上飛掠過去。

熊貓小子會飛！

恐狼簡直不能相信眼前發生的一幕，一隻送到嘴邊的熊貓飛了，野王絕不能接受兩次失敗，他發出一聲鬱悶的吼叫！

幸福寶的快樂無法言喻，他在空中飛行了一段距離，恰巧落到另一根竹子上，他壓彎了這根竹子，再從這根竹子上彈出去，尋找下一個落點。

幾次之後，幸福寶終於發現了飛翔的樂趣，簡直是妙不可言，在竹林間跳來蕩去，像小鳥一樣，快樂地飛翔。

不過，熊貓就是熊貓，他並不是一隻生有翅膀的小鳥，當他最後一次飛出去以後，前面已經沒有了竹林，但是幸福寶很幸運，他從空中墜落的時候，沒有摔到堅硬的岩石上，也沒有鋒利的荊棘，而是落進一片臭烘烘的泥沼中。

# 6 黑湖魔神

月色漸濃。

沼澤裡根本沒有水，全是奇臭黏稠的黑色液體，四周漂浮著幾具犀牛的白骨，還有一些小動物的屍骸，完全沒有一點生氣。

幸福寶大頭朝下地跌進泥沼，嘴巴、耳朵、鼻孔裡灌進去的，全是髒乎乎的東西，又臭又黏，他「呸呸呸」地吐了幾口，嗓子差點嘔出胸膛，雙眼流淚，陣陣眩暈，奮力掙扎了兩下，腦袋上沾滿了發著臭味的黑色液體。

這裡一定是黑湖！

幸福寶曾經聽阿飛說過，距離熊貓山谷一直向南，翻過五座大山之後，有一座神秘的死亡湖泊，名字叫黑湖，方圓百里，寸草不生。

其實，黑湖是一座瀝青池，黑湖的中心是一座散發著高溫的火山口，瀝青如同沸水一般翻滾，從湖底向四面擴散。

幸福寶是幸運的，他落在黑湖的邊緣，滾燙的瀝青漸漸冷卻，還好沒有凝固。他浸泡在溫熱的瀝青中，感覺呼吸急促，奮力向岸邊爬去。正在這個時候，三隻恐狼追到了岸邊。

詭刺說：「老大，熊貓小子是墜落到這個方向的，仔細搜索，莫教熊貓小子逃了。」

三隻恐狼沿著岸邊搜索，幸福寶本想極力忍耐，可是偏偏鼻孔裡一癢，打了一個大噴嚏。

「什麼東西，出來！」野王低沉地喝道。

幸福寶隱藏不住，只好從泥沼中挺身而出，探出半個腦袋，壓著嗓音，帶著顫音說：「我是鎮守黑湖的魔神，你們三隻小鬼，擅闖我的領地，莫非是來找死的嗎？」

幸福寶裝神弄鬼，想把三隻恐狼嚇走，但是三隻恐狼強裝鎮定。詭刺問：「黑湖魔神，從沒聽過，我們在找一隻熊貓，你見過一隻倉皇逃命的熊貓嗎？」

幸福寶嗯了一聲：「有隻熊貓朝北邊去了，你們也快點離開吧！本魔神現在胃口大開，正準備吃掉幾隻犀牛。」

三隻恐狼灰溜溜地跑開了，甚至都沒有弄明白，泥沼中那個黑乎乎的東西是什麼玩意。

幸福寶爬上岸邊，渾身沾滿黑色的瀝青，這些瀝青正在凝固，他只好在沙地上打滾，或者跑到一棵枯萎的樹幹前，蹭來蹭去，清除黏在身上的瀝青，但卻很難清理乾淨，他打算找一條清澈的河流，乾乾淨淨地洗個澡，然後去尋找阿飛，和那些失散的熊貓。

山巒靜默，樹影低垂。幸福寶拖著疲憊的身體，孤單地在叢林中穿行，第一次感到寂寞是那麼的可怕，他想起了阿飛，阿飛是隻快樂的鸚鵡，陪著他一起冒險、聊天、唱歌，再苦悶的時光也會樂趣無窮，不知道阿飛怎麼樣了，是不是帶著熊貓們成功脫險？

忽聽，前面傳來血刃的聲音，「熊貓，快點出來，看見你啦，別躲躲藏藏的，像個膽小鬼！」

恐狼的聲音是從前面傳過來的，幸福寶分開一叢紫荊花，卻沒瞧見恐狼的影子，隻聽見一個虛弱的聲音說，「不要傷害我們，我們都是溫順的熊貓。」

老頑固！

幸福寶豎起耳朵傾聽，周圍還有幾隻熊貓嗚嗚地小聲哭泣。他輕輕地分開一簇草叢，發現野王、血刃、詭刺就在不遠處，他們正在慶祝勝利，圍著一棵大樹跳舞。

恐狼的舞蹈很奇怪，抬腿做出呆板的搖晃動作，仰著脖子發出長長的嚎叫，臉上也露出陰森的奸笑。而老頑固、辣椒、鈴鐺、小黑、小白、小花，擁擠在大樹下，完全是一副垂頭喪氣的模樣。

幸福寶高興極了，阿飛終於帶領熊貓們逃出了獵人城堡，但是熊貓們現在哭喪著臉的，沒有一點堅強的意志，像是一群懦弱的蟲子！

幸福寶趴在草叢裡冥思苦想如何解救熊貓，卻把一個圓圓的屁股露了出來，尤其是那根短尾巴，在明晃晃的月光下特別的醒目。

三隻恐狼保持著應有的冷靜。血刃說：「老大，那是個什麼東西，散發著一股熟悉的臭味。」

詭刺說：「好像是湖裡臭臭的味道。」

野王仔細看看草叢裡晃動的東西，很大，像是一隻黑乎乎的圓球，還留著一撮怪毛。

雄獅的腦袋上倒是長著鬃毛，一想起獅子，野王的心立刻緊縮，臉上的傷痕就是被雄獅的利爪留下的紀念。

野王委婉地問：「草叢裡的，是黑湖裡的朋友嗎？」

「沒錯，我是黑湖魔神，你們侵犯了我的領地！」幸福寶把嘴巴拱在泥土裡，發出低沉的聲音。

野王說：「不好意思，我們逮住了幾隻熊貓，如果不嫌棄，我們可以交個朋友。」

「交朋友？」幸福寶說：「我是黑湖魔神，你們拿什麼和我做朋友？」

恐狼說：「我們將一隻熊貓獻給你，但是你要運用你的神通，幫助我們找到更多的熊貓，怎麼樣啊？」

幸福寶說：「熊貓又好吃又好玩，不過，一隻熊貓很難滿足我的胃口，要是你們把這幾隻熊貓都送我，我倒是樂於接受，而且，我會將北邊的土地交給你們，那裡草木茂盛，食物源源不絕，足夠你們逍遙快活啦。」

詭刺問：「老大，是不是真的？」嗓音有幾分激動，毫無疑問，流浪的恐狼想到擁有自己的領地，內心充滿了激動，血刃的眼眶甚至都有些濕潤。

幸福寶對恐狼說：「小狼，快去接收你們的領地吧，一直向北走，恐狼的領地就在前方。」

突然，三隻恐狼的身影消失了，幸福寶莫名其妙地緊張起來，瞬間之後，三隻恐狼已經把幸福寶給包圍了。

幸福寶感覺不妙，身體上覆蓋的黑泥好像被沙石漸漸磨去，露出黑白花色的皮毛，他已經暴露啦！

血刃得意地說：「什麼黑湖魔神，熊貓小子，你裝得挺像嘛，你以為恐狼真是笨蛋嗎，我們故意讓這些熊貓發出哭喊聲，來引誘你上鉤！」

詭刺說：「熊貓小子，你已經沒有退路了。」

野王說：「而且，這裡沒有竹子，你飛不起來，徹底完蛋了。」

幸福寶忽然發現，如果你低估了對手，那將是致命的疏忽！

三隻恐狼緩緩逼近，幸福寶把心一橫，準備和恐狼拚命，忽然天上有個聲音大叫道：「借光，借光，讓讓，讓讓，螞蟻搬家啦，螞蟻搬家啦。」

血刃連頭都沒回，叫道：「小小的螞蟻也敢叫囂，給我滾開。」

一道黑影從血刃的頭上掠過，血刃的腦袋被狠啄了一下，血都冒出來了。血刃大怒，抬頭看去，竟然是一隻鸚鵡，血刃連跳帶咬，想把這隻鸚鵡逮住，但是攻擊是徒勞的，累得他氣喘吁吁。

野王抬起一隻右爪，重重敲了一下地面，「血刃，給我安靜，你沒瞧出來嗎，這隻鸚鵡和熊貓是一路貨色。」

幸福寶咯咯大笑，向鸚鵡招了招手，鸚鵡一個急墜，大叫一聲：「可算找到你啦，熊貓小子。」說完，輕盈地落在熊貓的肚子上，雙翅一張，摟住熊貓一頓狂親，大叫著說：「我以為熊貓小子完蛋了呢，你可想死我啦。」

幸福寶向恐狼鄭重地介紹說：「這是我最好的朋友，鸚鵡阿飛。」

野王說，「一隻破鸚鵡有什麼了不起，鬼鬼祟祟，喜歡在背後偷襲。」

三隻恐狼重新聚集在一起，準備再次攻擊，但是一隊螞蟻衝到了面前，小螞蟻齊聲高叫著，「閃開，閃開，此路通行！」一隻長耳貓頭鷹飛來湊熱鬧，倒掛在一根樹枝上，喊道：「螞蟻們，這邊走，恐狼不要擋路，後面的跟上，快呀，歐歐歐。」

情況不妙，野王向四面一瞧，空曠的原野上聳立著無數土丘，土丘並不是自然形成的，而是螞蟻的巢穴，確切點說是白蟻的巢穴。那些小螞蟻絡繹不絕，浩浩蕩蕩地從巢穴裡爬出來，彙集成浩瀚的河流飛快地前進。

野王忍不住打了一個冷顫，向後退去。

詭刺說：「老大，這些小螞蟻有那麼可怕麼？」

野王說：「笨蛋，螞蟻的恐怖不在於大小，而是數量，我知道一種黑色的行軍蟻兇狠而殘忍，別說三隻恐狼，就算是十頭獅子，也會在瞬間被啃得精光。」

幸福寶走到浩蕩的螞蟻隊伍前，說：「你們真是些可愛的小螞蟻啊。」

白蟻們說：「好可愛的熊貓，快點跑吧，這裡即將降臨一場滅頂之災。」

幸福寶認真地問：「真的嗎？」

「沒錯，相信我們，我們是誠實的蟲子。」兩隻小白蟻還爬到幸福寶的耳朵廓上，悄悄地說：「跟我們走吧，我們喜歡勇敢的熊貓。」

# 7 危險山谷

白蟻的遷徙大軍浩浩蕩蕩地前進，把道路擁擠得滿滿的，白蟻走過之後，叢林裡才真正地熱鬧起來，羚羊、蟒蛇、豹子、馬鹿……吃草的，吃肉的，你挨著我，我擠著你，沿著一條寬闊的大路飛奔。三隻恐狼傻傻地瞧著這一切，好像豎在路邊的石頭。

野王清了清嗓音說：「我是野王，恐狼的老大！」

但是野王的自報名號，並沒有讓任何一隻野獸感到恐懼。兩隻猞猁踩著野王的腦袋飛了過去，輕柔得像風一樣。隨後幾隻犀牛喘著粗氣，悶聲不響地跑了過來，野王正想搭訕，犀牛卻沒心情回答，晃著腦袋從恐狼的身邊跑過去，一隻多嘴的麻雀衝著三隻恐狼大喊，「再不逃跑，小命難保，再不逃跑，小命難保。」

野王為了弄清事實真相，耐著性子，謙虛地問：「小麻雀，究竟是怎麼回事呀？」

麻雀說：「大地震怒，山峰沉陷，洪水暴漲，這裡將被毀滅。」

血刃嚇了一跳：「你聽誰說的？」

麻雀唧唧喳喳地說道：「我聽雪豹說的，雪豹聽馬鹿說的，馬鹿聽靈貓講的，靈貓聽小熊貓說的，小熊貓聽猞猁說的，猞猁聽犀牛說的，犀牛聽犀鳥說的，犀鳥聽蟋蟀說的，蟋蟀聽螞蟻說的，螞蟻正忙著搬家呢，我也要走啦，你們三個傻瓜。」

「你才是傻瓜！」血刃狠狠地回罵了一句，他覺得犯不著和一隻傻鳥鬥氣，但是野王的臉色卻陰沉了許多。

野王抬爪一指，「走，去那邊看看。」

三隻恐狼來到白蟻的空巢前，遷徙大軍過後，白螞的蹤跡全都消失了，連幸福寶都跑得沒了影子，三隻恐狼穿梭在白蟻的空巢之間，尋找熊貓留下的氣味，白蟻的巢穴像黑熊一樣高大，在蟻丘表面佈滿許多細小的裂紋，裂紋是從大地深處傳遞上來的，好似要將蟻丘撕裂成無數碎塊。

野王說：「蟻巢的表面已經被破壞了，要知道白蟻的巢穴異常堅固，究竟是什麼樣的力量，能將所有的巢穴破壞！」

血刃和詭刺倒退了幾步，老大用如此敬畏的語氣說話，可以肯定，這種力量絕對可怕！

詭刺忍不住前去查看一番，他用爪子挖開白蟻洞穴，借著月光，觀察裡面的縱橫交錯的密道，忍不住讚歎道：「老大，小白蟻真是神奇，這些密道讓我頭昏眼花。」

野王冷笑一聲，「你真是孤陋寡聞，白蟻素有建築大師的美譽，昆蟲比野獸厲害的不是智慧，而是本能，白蟻的進化比我們更適應這個世界。」

血刃說：「老大，一物降一物，難道這些螞蟻就沒有對手？」

野王說：「有，食蟻獸，那些傢伙長得像穿山甲，專吃螞蟻。」

「那這些縫隙會不會是食蟻獸弄的，他們在故意製造恐慌。」

野王說：「笨蛋，自從冰川消融以來，那些食蟻獸早就不見蹤跡，怎麼會出現在這裡。」

血刃擔憂地問：「那我們恐狼呢，有沒有天生的對手？」

野王只回答了兩個字：「饑餓。」

老大就是老大，光說出這兩個字，已經讓血刃和詭刺回味無窮，佩服得五體投地！

其實，幸福寶並沒有跟著白蟻走，他和阿飛借著狂奔的獸群，逃脫了恐狼的視線，鑽進一片茂密的叢林，他們用最快的速度奔向熊貓山谷，他要去通知那些熊貓，熊貓山谷很快會變成一片廢墟。

黎明時分，熊貓山谷還沉浸在黑暗中，竹林在風中沙沙作響，好多熊貓都在洞穴裡酣然入睡。

情況比幸福寶預想的還要糟糕，當他闖進一隻大熊貓洞穴的時候，黑暗中露出兩隻恐懼的眼睛，還有喀嚓喀嚓的咀嚼聲，一縷微光射進洞穴，大熊貓正在吃一隻野兔，那是隻死野兔，吃得熊貓滿嘴鮮紅。

幸福寶好心地說：「熊貓山谷要淪陷了，快跑吧。」

誰知這隻熊貓抹了抹嘴巴，彷彿見了鬼，毫不客氣，張著鋒利的牙齒，大叫道：

「叛徒，熊貓的叛徒來啦！」

熊貓山谷立刻沸騰了，一隻隻熊貓從荒草中，洞穴裡，山岩下縱身出洞，大吼道，「叛徒在哪，叛徒在哪？」

阿飛從天空降落下來，大叫：「熊貓小子不是叛徒，是救命來啦。」

幸福寶爬上一塊又高又大的岩石，站在上面大喊，「熊貓山谷要塌陷啦，熊貓們，快點離開這裡！」

不一會，高高矮矮，胖胖瘦瘦的熊貓全都圍攏過來，幾隻肥頭大耳的熊貓非常生氣，要爬上岩石，把幸福寶給拽下來，大打一頓，因為他們的美夢都被幸福寶的叫喊聲破壞了。

幸福寶說：「熊貓山谷要毀滅了，你們一定要相信我。」

不管幸福寶多麼焦急，熊貓們卻一點也不慌張，有些膽小的熊貓，抱住腦袋，裝出痛苦萬分的模樣，其實是在嘲笑幸福寶，還有的仰面朝天地躺在地上，琢磨著別的什麼好玩的事，心不在焉。

阿飛以為大顯身手，閃亮登場的時候到了，他抖了抖羽毛，站在幸福寶的腦袋上，大聲說：「各位親愛的熊貓們，晚安，我是一隻著名的鳥，見證過無數奇妙的事情，我以鸚鵡的誠實和名譽做保證，熊貓小子說的一點不差，熊貓山谷的確是萬分危險。」

熊貓們好奇怪地圍坐在岩石下，阿飛索性趴在幸福寶的腦袋上，發表演說：「你們知道熊貓山谷外的大河，為什麼會變成烏黑的顏色？山谷裡的花花草草為什麼正在枯萎，這些全是山谷毀滅前的徵兆！因為地球原來是非常熾熱的火球，逐漸冷卻成現在的模樣，地球的皮毛變成了森林花草，骨頭變成了山脈岩石，口水成了河流海洋，呼吸變成了風雨雷電，但是地球的心臟還在跳動，而且是熱呼呼的，流淌著火焰一樣的血脈。」

一隻熊貓不相信似的問：「那我們是什麼變的？」

這個問題阿飛沒法回答，但是他總有辦法解釋，想了想說：「鳥獸魚蟲其實是從地球的眼睛、鼻子、耳朵、翅膀裡變出來的，所以，有的野獸嗅覺異常靈敏，有的生來就有翅膀，有的生來有一雙長耳朵，地球是一個偉大而神秘的造物巫師，性情溫和，不過時間一長嘛，她要發發脾氣，三、五百年，或者六、七十年，可能會大發雷霆，因為她覺得自己製造出來的東西很糟糕，想要創造一些新東西，比如山脈、河流，這對我們野獸來說相當危險，我們的家園會被毀滅，如果我們不能找到新的棲息地，我們也將被地球毀滅。」

緊張的氣氛緩和下來，一大半熊貓相信了阿飛的話，他們開始行動，攜家帶眷地向熊貓山谷外走去。

阿飛繼續說道：「熊貓山谷的外面已經空無一物，野獸和飛鳥正在尋找新的棲息地。」

「鸚鵡在說謊，他是幸福寶的朋友，他們在欺騙我們，引來了殘忍的獵人。」說話的是鐵頭，他突然從一簇密林裡鑽了出來。

氣氛驟然緊張起來！

幸福寶突然從岩石上跳下，撲向鐵頭，鐵頭以為幸福寶要攻擊他，「嗷——」地一聲怪叫，張開兩隻爪子，來抓幸福寶的脖子，幸福寶沒反抗，他的脖子上被劃出一道深深的傷痕。但是幸福寶沒喊痛，緊緊地摟住鐵頭，肉球一樣滾了出去。

「嗖！嗖！嗖！」

幾枝羽箭貼著他們的頭皮飛了過去，緊接著，天空箭如雨下，熊貓山谷立刻被死亡的氣氛籠罩，幾隻熊貓倒下了，其餘的熊貓們四散奔逃，熊貓獵人的身影像潮水一般湧來。阿飛沒時間起飛，只好連滾帶爬，鑽進一塊岩石的縫隙裡，但是他的尾巴沒有藏好，被一枝羽箭穿過，羽毛亂飛，險些變成一隻禿尾巴鳥。

幸福寶摟著鐵頭滾到一塊岩石後面，但是岩石上早有埋伏，兩個獵人縱身飛下，舉起尖尖的長矛刺向熊貓的眼睛。

幸福寶熟悉獵人的每一個動作，他把鐵頭向旁一推，扭身撲向獵人，幸福寶渾身肥胖，動作卻輕盈如風，兩個獵人眼前一花，幸福寶從兩枝長矛的空隙中穿了過去，舉起爪子照著獵人的下巴，狠狠一擊。

砰！砰！

兩個獵人倒下，昏了過去。

但是一個獵人藏在樹後，瞄準鐵頭，拉起弓箭，一箭射向鐵頭的屁股。

鐵頭哎呦一聲，屁股中箭，立刻一瘸一拐的，獵人拔出腰刀，準備一刀了結鐵頭，幸福寶急了，縱身一跳，直接把獵人撞翻在地。

幸福寶連退強敵，十分愜意，誰知道鐵頭連聲謝都沒說，撇下幸福寶，向熊貓山谷外衝去，一路留下「哎呦哎呦」的痛苦叫聲。

熊貓山谷裡展開激烈戰鬥，熊貓和獵人大打出手。好多熊貓勇敢地和獵人搏鬥，但是更多的熊貓和獵人玩起了捉迷藏的遊戲，他們藏進洞穴，或者躲進樹叢，一但被獵人發現行蹤，就咬獵人的腳趾或者耳朵。

幾名獵人認出了幸福寶的身影，他們對這隻熊貓特別感興趣，原來這隻跳崖的熊貓沒死！獵人們彼此呼應著，前來追尋幸福寶的身影。

阿飛抖抖翅膀，從岩石的縫隙裡飛了出來，大叫著說：「熊貓小子，不好啦，獵人全追過來了，情況不妙啊。」接著便張開翅膀飛到一片懸崖上去了。

# 8 陷阱和誓言

幸福寶一點也不害怕，他爬上一塊險峻嶙峋的岩石，發出嗚嗚的尖叫，獵人們相當好奇：「這隻熊貓跑到懸崖上去幹嘛？」熊貓獵人停止放箭，手持長矛，靜靜地站在懸崖下，仰面朝天瞧著幸福寶慢悠悠的動作。

幸福寶的動作十分滑稽，動作慢得像蝸牛一樣，在險峻的懸崖上左搖右晃，突然，他的爪子一滑，差點從岩石上摔落下來，獵人的嘴角露出一絲獰笑。

幸福寶調整姿態，繼續慢慢地爬著，偷偷地積蓄力量，還不時地瞄一眼山谷下面的獵人。

熊貓山谷裡的喊殺聲漸漸停歇，更多的熊貓獵人聚集在懸崖下面，瞧著幸福寶發出驚歎，更多的熊貓得到了喘息機會，鑽進草叢深處，或者飛快地溜出熊貓山谷。

黎明的光輝灑落在幸福寶的腦門上，汗水像珍珠一樣閃閃發光，頑皮的山風吹著熊貓身上的汗珠，四周寂靜得可怕！

阿飛從懸崖上飛來，擔憂地說：「熊貓小子，我知道你是一隻英勇的熊貓，你想掩護其他的熊貓逃跑，就像在獵人城堡裡那樣，但是我要提醒你，獵人並不傻，在他們沒有發出致命的攻擊前，還是趕快逃命吧。」

幸福寶估計熊貓們都逃得差不多了，於是深吸一口氣，渾身的肌肉突然變得像岩石一樣堅硬，扣住岩石的縫隙，嗖嗖嗖，敏捷地向上攀登。

獵人們大吃一驚，這隻大難不死的熊貓，居然輕盈得像壁虎一樣，用無與倫比的速度向懸崖上爬去。

獵人們感覺到上當了，惡毒的咒罵聲此起彼伏，射箭，飛矛，但是都被幸福寶靈巧的閃過。

一枝冷箭朝著幸福寶的背中央飛來，阿飛振翅飛起，伸爪在箭杆上一彈，飛箭像羽毛般墜落下去。阿飛玩得興起，朝著飛來的冷箭，揮動翅膀左舞右擋，居然將一枝枝飛箭撥打得七零八落。

有了阿飛的掩護，幸福寶極快地爬上懸崖。獵人們怒不可遏，發誓要活捉這隻狡猾的熊貓，嚎叫著向懸崖上衝來。

阿飛見勢不妙，從箭雨中抽身飛來，大叫著，「熊貓小子，快點逃，獵人們跟上來啦。」

幸福寶跟著阿飛順著一條羊腸小路，飛快地跑進一片紫竹林。

紫竹林中是一片荒涼的景色，狗尾草、月見草、蒲公英、車前草成片地枯萎，滿地綠蔭在月光下呈現出焦黃的顏色，無數道裂痕在大地上縱橫交錯，好多蟾蜍帶著滿身泥漿排成長長的隊伍，牠們或許是最後一隻遷徙隊伍，拖家帶口的，行動相當遲緩。

正當幸福寶以為順利地擺脫獵人糾纏的時候，三個幽靈般的身影悄悄地出現在竹林深處，原來是三隻恐狼，他們一直在尋找熊貓小子的下落，沒想到和幸福寶在這裡意外相逢。

看見熊貓小子倉皇逃命的模樣，三隻恐狼同樣緊張不安。詭刺用爪子拍打著泥土，嗓子裡發出低低的吼叫，野王神色詭異，耳朵豎得筆直，傾聽遠方的聲音，咬牙說道：

「獵人來了。」

嗖！

一隻長矛飛來，鋒利的矛尖把血刃的耳朵豁開一個口子，筆直地刺進恐狼面前的泥土。血刃血流滿面，三隻恐狼掉頭逃竄。遠處亮起一片耀眼的火焰，獵人的火把猶如一條長龍，在夜幕中蜿蜒流動。

阿飛說：「不許跑，你們三個膽小鬼。」

詭刺說：「不跑是傻瓜，獵人人多勢眾啊。」

看見恐狼來得快，溜得也快，幸福寶不緊不慢地追蹤著恐狼的足跡。他很聰明，既然恐狼熟悉獵人的味道，他們肯定有逃避獵人追捕的辦法。

血刃一邊跑，一邊用爪子把臉上的血跡抹乾淨，他不想讓獵人嗅到野獸的氣味，熊貓獵人是追蹤野獸的高手，能根據爪痕、血液、糞便，甚至是牙齒的痕跡，分辨出是哪一種野獸，一直能夠追蹤到千里之外。

野王發現熊貓小子從後面跟了上來，催促同伴加快速度。他們想甩掉幸福寶，但是幸福寶始終不緊不慢地跟在後面。

說來也怪，恐狼好像沒法擺脫獵人的糾纏，無論跑向哪個方向，獵人的火龍就指向哪裡！

跑了半天三隻恐狼終於明白了，原來獵人的目標是幸福寶，幸福寶在地面留下一串清晰的腳印，走到哪，都得露餡啊。

詭刺說：「老大，熊貓小子是個大累贅，得把他幹掉。」

野王低吼一聲，轉身向幸福寶撲來，他的攻擊力十分兇悍，阿飛嘎地叫了一聲，從野王的頭上飛過。

幸福寶沉著應戰，胖嘟嘟的身體隆起結實的肌肉，迎著野王一口咬下，嚇得野王慌忙閃躲。趁著野王躲閃的機會，幸福寶猛地衝到了恐狼前面，三隻恐狼想從後面追擊幸福寶，卻發現熊貓小子的逃跑速度出奇的快。

阿飛從天空盤旋而下，叫道：「不好啦，獵人從四面八方包圍過來了，快想辦法，快想辦法。」

野王眼珠一轉，靈機一動，叫道：「熊貓小子，我倒是有個主意，可以逃出獵人的包圍圈。」

「說。」

野王說：「衝出這片紫竹林，前面是一片叢林，看似平靜，裡面全是獵人佈置的死亡陷阱，獵人絕對想不到我們敢走上那條死亡之路，怎麼樣，熊貓小子，我們從絕路上殺出去，你有沒有那個膽量呢？」

阿飛說：「這是激將法，熊貓小子不要上當。」

幸福寶卻說：「沒問題，熊貓小子不怕危險，熊貓小子勇往直前！」說完，放慢速度，與三隻恐狼一路同行，飛快地穿過竹林，來到一座黑森森的叢林前面。阿飛一路緊隨，兩隻眼珠緊盯著恐狼的行動，很怕幸福寶中了恐狼的圈套。

幸福寶從沒見過這麼險峻的叢林，叢林的邊緣，埋著幾根石柱，柱頭掛著野獸的頭顱，恐怖的氣息在叢林裡飄蕩。

幸福寶跑累了，盤腿坐在石柱前面，但是狡猾的詭刺不想讓幸福寶得到休息，大叫著說：「都什麼時候啦，熊貓小子，保命要緊，快點走呀。」他的心思很陰險，想讓幸福寶走在前面，去試探叢林裡那些致命的陷阱。

幸福寶並沒有讓恐狼失望，他鼓足勇氣走進危機四伏的叢林。三隻恐狼奇怪地盯住幸福寶的背影。血刃說：「老大，熊貓小子絕對是個傻貨。」野王只說了兩個字：「跟上。」

三隻恐狼跟在幸福寶身後，只走了十幾步，幸福寶發出警告說：「這裡有埋伏。」

野王蹲坐下來，用鼻子嗅嗅草叢裡的氣味，的確有一些獵人的味道，不過看上去，並沒有獵人陷阱的痕跡，野王有點不服氣，他不相信一隻熊貓會比自己聰明，因此縱身一躍，跳到幸福寶的前面，低吼道：「熊貓小子，看我的！」

幸福寶說：「小心呀，獵人的陷阱可不是好玩的。」

「沒什麼。」野王裝出滿不在乎的樣子，小心翼翼，高抬爪，輕落步，可是野王沒想到，獵人設置的陷阱是非常高明，他只注意腳下沒有陷阱，卻忘記了天空隱藏的危險。

忽然，兩根巨大的木樁從樹梢上滾落，砸向野王的腦袋，野王嗷地叫了一聲，以為必死無疑，但是，突然間，一隻肥厚的熊貓爪子在他的屁股上推了一下，野王像球似的滾了出去，兩根木樁砰地落地，將地面砸出一個深坑。

野王翻身爬起，腦袋上滲出豆大的汗珠，明知道是幸福寶救了自己，卻羞於啟齒，假裝生氣地說：「獵人真是陰險，可是我好像沒碰到什麼機關啊。」

「不好意思，老大，是我不小心踩中了機關。」詭刺說，把長嘴藏在雙腿之間，表示歉意。

野王說：「混蛋，能不能小心些！」說完，野王四肢伏地，學著幸福寶的樣子，把腦袋探在前面，兩隻前爪邊爬行邊搜索，匍匐前進。

又爬了十幾步，幸福寶忽然說：「注意，前方有埋伏。」驀地停止爬行，後面的野王撞到幸福寶的屁股上，悶哼一聲，「熊貓小子，你在搞什麼鬼？」

「左側有埋伏。」

血刃仔細觀瞧，左邊是一個小土包，堆積著一片厚厚的落葉，「熊貓小子，那裡好像沒陷阱？」

幸福寶一字一字地說：「我肯定，那是一個危險的陷阱，現在還沒到秋天，地上堆積著那麼多落葉，絕對不正常。」

野王說：「聰明，善於從普通處發現不尋常的痕跡，真有你的熊貓小子。」

幸福寶的臉色陰沉，認真地說：「這個陷阱非同小可。」

野王嗯了一聲，「我們需要同心協力，共度難關。」

幸福寶抓起一塊石頭，高高地拋去。血刃說：「投石問路，熊貓小子，幹得不賴。」

石頭鑽進濃密樹蔭的瞬間，一張捕獵的大網從天而降，一排巨大木樁從泥土裡拔地而起，木樁上佈滿尖銳的矛尖，這是一個致命的陷阱，連一隻螞蟻都不會放過！

三隻恐狼全身顫抖起來，他們做夢也想不到，獵人能設計出如此複雜的陷阱！

血刃有些大意，以為陷阱已經被幸福寶破壞掉了，立刻竄到幸福寶的前面，但是危險接踵而至。血刃的右爪踏中了一個套索，套索一收，血刃騰空而起，被吊在半空，血刃差點哭出聲來，對野王說，「老大，獵人的陷阱實在厲害，無處不在啊。」

詭刺說：「老大，我們得把血刃弄下來。」
野王說：「熊貓小子，幫幫我們。」
幸福寶朝天空叫了一聲說：「阿飛！」
叫了兩聲，毫無回應，鸚鵡阿飛自顧自的在天空中盤旋，不想理會幸福寶的呼喚，因為他討厭恐狼，更加清楚這三隻恐狼藏著壞心眼，他想讓幸福寶明白，這三個傢伙，只是在利用你那顆善良的小心臟。
幸福寶連叫了三聲，阿飛才不耐煩地飛落下來，還是詭刺的頭腦靈活，他用甜蜜的口吻叫道：「親愛的阿飛，幫幫我們好嗎，你是一隻最勇敢，最漂亮的鸚鵡。」
阿飛冷笑一聲說：「好吧，但是你們必須答應我一個條件。」
野王說：「我以恐狼的老大發誓，說說你的條件。」
阿飛拍著翅膀說：「我要你們發誓，永遠不會傷害熊貓小子。」
「好，好吧。」野王哽咽地說，「我們恐狼發誓，永遠不傷害熊貓小子，這總可以了吧。」

阿飛說：「這還差不多。」說完，他閃電一般，朝著血刃飛去，張開嘴巴，喀嚓一聲，咬斷繩索。

血刃從高高的天空墜落到地面，差點摔斷脊樑，趴了好一會才緩過神來，野王和詭刺守護在他的身旁，用鼻子不停地在他的臉頰上拱來拱去，鼓勵他，安慰他，給他重新振奮的勇氣，等血刃顫抖著站了起來，生命的活力讓他又變成一隻勇猛的野獸。

野王和詭刺給了血刃最熱烈的擁抱，三隻恐狼沉浸在熱烈的歡喜中，但是轉眼發現，熊貓小子和鸚鵡早就趁著恐狼放鬆警惕時，早已溜得無影無蹤了。

# 9 新的冒險

幸福寶和阿飛順著山野飛奔而去，好不容易擺脫了恐狼的糾纏，竄進一片茂密的山嶺，剛翻過兩座不算險峻的山頭，前面傳來一聲巨響，兩棵巨大的雲杉轟然傾倒，幾頭犀牛朝著幸福寶和阿飛衝來，蹄聲敲擊著大地，彷彿咚咚敲響的戰鼓！

幸福寶趕快給犀牛讓路，誰知那幾頭犀牛跑過去以後，忽然兜了個圈，又衝了回來，鋒利的犀角閃著寒光，讓阿飛望而生畏！

幸福寶問：「阿飛，他們在幹什麼？」

阿飛說，「這些力大無窮的傢伙，總是喜歡胡來。」

他們迅速爬上一道山巔，想看看前面發生了什麼事情。情況很不妙，野獸的遷徙大軍被黑湖攔阻，大家都滿臉驚恐。

黑湖是瀝青湖，平日裡黑霧沉沉，白骨遍地，但是現在完全是另一番景象。地震將湖底的花崗岩撕出一道裂縫，熾熱岩漿噴湧而出，瀝青被點燃，黑湖燃燒成一片火海，黑夜被沖天的大火渲染得一派通明，黑湖四周早已經成了一片不毛之地，不但如此，瀝青燃燒時發出的滾滾濃煙，形成一片遮天蔽日的烏雲，方圓百里之內，看不見一絲曙光。

熊貓們縮在角落裡，個個驚慌失措，饑餓難耐。

犀牛們正撞倒著大樹滅火，這是老頑固出的餿主意，他想讓滾落的雲杉撲滅遍地流淌的大火，但是雲杉落下，火勢更加兇猛，百獸們無不抱頭鼠竄。

老頑固的確是頑固，他讓犀牛再弄斷兩根大樹，可是犀牛們已經不想再聽老頑固的指揮了，他們想開溜，熊熊的火光非常刺眼，散發著濃烈嗆人的黑煙，讓犀牛難以呼吸，於是撒開蹄子，四處亂跑亂撞。

老頑固大叫：「回來，你們這些膽小鬼。」轉身一看，身邊的熊貓也跑了個精光，只有辣椒和鈴鐺還守護著他，她們拖起老頑固，把老頑固拖出危險地帶，一些瀝青緩緩溢出地面，呼地燃燒起來。

老頑固說：「這些自以為是的笨蛋，總是不聽我的，快點重新集結起來，憑我老頑固闖蕩天下的經驗，一定可以衝過去的。」

辣椒說：「我看還是算了吧。」她正在整理自己的皮毛，剛才為了搭救老頑固，她的短尾巴差點犧牲。

老頑固火冒三丈：「怎麼，連你們兩個小妮子，都不相信爺爺的話了嗎。」

鈴鐺說：「爺爺，熊貓需要一位新的英雄。」

老頑固氣得直哼哼：「真不知道，除了我老頑固以外，誰還會是熊貓的英雄？」

話音未落，幸福寶晃著一個圓乎乎的大腦袋，出現在山坡下，幸福寶和阿飛正在分頭行動，召集驚散的獸群。

一隻犀牛受了驚嚇，向著幸福寶一頭撞來。幸福寶勇敢地大吼一聲，縱身跳到犀牛背上，犀牛從沒被熊貓騎過，因此大發雷霆，一頭向樹杈撞去，樹杈被犀牛撞成兩截，但是幸福寶卻像猴子一樣，從粗大的樹杈上一躍而過，刷地落回犀牛的背上，用爪子緊抓住犀牛的脊背。

犀牛不停地顛簸身體，想把熊貓小子顛簸下去，而幸福寶用嘴巴不停地親吻著犀牛的耳朵和臉頰，犀牛蹦躂了幾下，忽然溫馴下來。

鈴鐺說：「哇，這樣也行。」

老頑固說：「這算什麼，我也行。」他的心裡酸溜溜的，感覺自己在兩隻熊貓妞妞的心目中，威嚴的地位急轉直下。

驚散的獸群被重新集合起來，幸福寶騎著犀牛，邁著悠閒的步伐，走到獸群面前。

鈴鐺說：「哇，熊貓小子騎著一頭犀牛，真威武呀。」

辣椒不高興地說：「威武個鬼，他是一個小騙子。」

一隻蝸牛站在野牛的犄角上，大喊道：「閃開，閃開，英勇無敵，好運蓋世的熊貓小子來啦！」

阿飛聽了很不樂意，立刻飛到蝸牛的腦袋上提醒他，「還有一隻了不起的鸚鵡，名字叫阿飛，是幸福寶最好的朋友，阿飛的力量頂呱呱。」

「呱，呱呱！」幾隻青蛙在草叢裡叫道，算是給阿飛掙回了一點顏面。

霎時間，獸群中開始傳誦熊貓幸福寶的勇敢故事，馱著幸福寶的犀牛故意放慢了腳步，笑咪咪地在百獸面前搖頭擺尾，得意洋洋。

希望像曙光一樣，迅速在獸群中傳播開來，百獸以萬分崇敬的目光注視著熊貓小子幸福寶。

辣椒說：「什麼，小騙子還能成為英雄，有沒有搞錯呀，這些糊塗蟲。」

鈴鐺說：「沒錯，幸福寶是一隻與眾不同的熊貓。」

老頑固搖頭歎息說：「這些頭腦簡單，四肢發達的傢伙，往我這看看呀，你們的英雄在這呢，一個熊貓小子有那麼大的威信嗎，全是老糊塗啦。」

幸福寶臉色羞紅，從犀牛的背上溜下來，跑到老頑固面前，他召集了百獸中最有智慧的長者，包括兩隻老猴，一隻年老的蝸牛，一隻大靈貓，兩隻雪豹，還有一隻野牛。野牛受了點傷，幾隻紅嘴相思鳥正在給野牛治療傷口。

老頑固席地而坐，搖晃著一顆大腦袋，說：「大家聽我說，黑湖大火難以撲滅，我們必須另擇路徑，這是最明智的選擇。」

但是，沒有誰對他的提議有興趣，老熊貓總是自以為是，差點讓大家送命，蝸牛說：「熊貓小子，你有什麼妙計？」

幸福寶說：「我正在想，正在想。」其實，他什麼也沒想出來。轉眼一瞧，辣椒正盯著他，好像發現他的腦袋裡其實一片空白，不覺冷汗涔涔，他用目光尋找鐵頭，卻沒有找到，這隻練過鐵頭功的熊貓，總是行蹤詭秘。

鈴鐺坐在幸福寶身後，抓抓他的尾巴，這是她給幸福寶的一個小信號，幸福寶爬起來，跟著鈴鐺走進一片濃密的叢林。

鈴鐺借著濃蔭的掩護，趴在幸福寶的耳朵上說：「告訴你，鐵頭去尋找新的出路了。」

幸福寶說：「他是隻勇敢的熊貓，我很敬佩他。」

鈴鐺說：「鐵頭野心勃勃。」

幸福寶說：「祝福他，早點找到出路，我就可以輕鬆啦。」

鈴鐺氣得急叫，「熊貓小子，你是真傻，還是假傻，鐵頭想成為熊貓一族的英雄。」

幸福寶說：「那有什麼關係，挺好，呵呵。」

鈴鐺還想說點什麼，辣椒突然分開草叢，大吼一聲，「不要說悄悄話，你們兩個在幹嘛。」

鈴鐺嚇了一跳，幸福寶穩了穩心神，一見到辣椒，他就有點害怕。

辣椒扠著腰，嘴裡噴出麻辣的氣息，說：「熊貓之間說悄悄話是很鬼祟的行為。」

說完，揪起幸福寶的耳朵，把他拽回討論現場。

此刻，老頑固和蝸牛正因為尋找新出路的問題而爭吵得面紅耳赤，披毛犀、雪豹、大靈貓心煩意亂，長臂猿猴無精打采，準備拉著一夥猿猴離去，剩下的不是參加了老頑固的爭吵，就是在無所事事地睡大覺。

討論亂哄哄的，老頑固是個人來瘋，看見幸福寶來勸架，反倒來了倔脾氣。但是很快就沒人理他，幸福寶帶著蝸牛、雪豹、猿猴們跑到一塊大岩石後，竊竊私語。

老頑固發現沒人理會自己，氣反倒消了。

「連辣椒和鈴鐺都藏到岩石後面，不知道在幹什麼？」老頑固抓耳撓腮，不知道這些熊貓在搞什麼鬼，又有點擔心。猶豫半天，他忍不住爬過去探個究竟，當老頑固爬到岩石後面的時候，什麼都沒有！

老頑固正在納悶，身後咯咯一笑，幸福寶從後面撲了上來，接著辣椒、鈴鐺從側面撲過來，小黑、小白、小花，探出圓滾滾的腦袋，他們把老頑固抬起來，甜甜地叫著爺爺。

老頑固好久沒有被擁戴過了，久違的擁戴讓他熱淚盈眶，他摟著熊貓們說：「你們這些小壞蛋，真是調皮，爺爺不是囉嗦，也不是頑固，爺爺實在是放不下心。」

幸福寶說：「爺爺，我們需要長大嘛。」

老頑固點了點頭，用爪子在熊貓們的腦袋上摩挲，說：「熊貓一族必須團結一心，才能共度難關。」

辣椒說：「爺爺，你說吧，怎麼辦？」

鈴鐺說：「都聽爺爺的。」

老頑固說：「其實我也沒有什麼好辦法，外面的世界很殘酷，如何走出這裡，需要年輕的熊貓去探索，我要好好休息一下，我的心實在太累啦。」

熊貓們嘻嘻哈哈地玩樂起來，披毛犀和雪豹很不高興地說：「現在不是玩耍的時候，熊貓，你們的心也太大啦。」

幸福寶說：「不要急，熊貓們已經商議好了，由熊貓小子和鸚鵡阿飛去尋找一條生路。」

一聽幸福寶的建議，阿飛快樂得跳起舞蹈，「太好啦，我們來一次華麗麗的大冒險！」

百獸們舉行了一個盛大的歡送儀式，幸福寶其實一點把握都沒有，就和阿飛上路了，黑湖在南面，他們拐向北方，穿過一片茂密的山林，阿飛靠近幸福寶，悄聲說：「熊貓小子，後面有尾巴。」

幸福寶哦了一聲，待在原地不動，阿飛振翅飛起，他的眼神中透出犀利的光芒，聽到了細微的沙沙聲，有東西潛伏在草叢裡！那個不知名的東西正放緩腳步，匍匐前行，他的尾巴拖在草叢裡發出極細的摩擦聲，這些聲音絕對是食肉動物發動攻擊前的危險信號。

幸福寶莫名地緊張起來，驀地一聲吼叫，向著一簇芭蕉撲去，黑影一閃，三隻恐狼鑽了出來，血刃大叫：「老大，冤家路窄，又撞見熊貓小子啦。」

野王冷哼一聲，「熊貓小子，我們發過誓，絕不會傷害你，你快點走吧。」

幸福寶笑道：「哈哈哈，你們三個膽小鬼，跟蹤我們，一定有陰謀！」

「沒錯，快點把你們的陰謀從實招來！」阿飛在天空中大叫。

三隻恐狼露出兇殘的表情，野王惡狠狠地說：「熊貓小子，雖然我們發誓不傷害你，但是我們還是想吃熊貓肉，嘿嘿。」

詭刺邪笑著說：「熊貓小子，讓我們瞧瞧，你有什麼真本事。」

三隻恐狼向旁邊一閃，草叢裡竄出一條毒蛇，這條毒蛇又粗又壯，蛇眼如同一對烏黑的寶石，死盯著幸福寶！

阿飛大叫道：「不守信用的壞蛋，居然請了一條毒蛇來對付我們。」

詭刺狡猾地說：「我們發過誓，永遠不傷害熊貓小子，可是這條毒蛇卻沒有發過誓，對不對？」

阿飛哼了一聲，狡猾的恐狼想用毒蛇對付熊貓小子，沒那麼容易，現在該是鸚鵡大展身手的時候啦。阿飛縱身朝毒蛇飛去，但是他有點急燥，所以連飛行的姿態都沒調整好，就使出了誘惑毒蛇進攻的姿態。

# 10 結伴逃亡

幸福寶興致勃勃地觀賞著鸚鵡鬥大蛇，三隻恐狼也想大開眼界，六隻眼睛瞪得溜圓，瞧著阿飛怎麼擊敗大蛇。

這是一條兇猛的毒蛇，腦袋扁平，毒牙犀利，瞪著一對死神般的眼睛，將近兩公尺長，渾身閃著金黃色的光澤，後腦有一個眼睛的圖案，陰森而詭異，動作靈活，生性狡詐。

大蛇豎起身體，盤起尾巴，牠的尾巴很短很細，像一把尖尖的錐子。阿飛在大蛇面前搖晃了兩下，誘使毒蛇出招，但是毒蛇並不上當，一動不動，這讓阿飛有點鬱悶，正想靠近一些，毒蛇突然發動攻擊，閃電一般，張口咬向阿飛。

一片凌亂的羽毛飛落，阿飛因為大意，差點被毒蛇咬中，只好犧牲了幾根尾羽，在空中一個轉身，徑直向天空爬升，這才躲過毒蛇的致命一擊，他在空中喘息著，而毒蛇又縮回身體，擺出一副防禦姿態！

看見阿飛這樣狼狽，三隻恐狼笑得前仰後合。

幸福寶問：「這條毒蛇很厲害，有什麼獨特的本事嗎？」

血刃冷冷地說：「熊貓小子，這是一條罕見的金剛王眼鏡蛇，能噴射毒液，咬你一口，必死無疑，連最勇敢的獵人都不敢招惹它。」

忽然，幸福寶感覺有些不對，大蛇直勾勾地看著空中的阿飛，阿飛的翅膀好像沉重了許多，彷彿隨時都會墜落下來。

幸福寶伸爪向泥土中一抓，縱身撲向大蛇，如果不果斷出擊，阿飛或許有生命危險！

金剛王眼睛蛇沒料到幸福寶會出擊，立刻吐出舌頭，發出嘶嘶怪叫，張開大嘴，嗖地噴出一道毒液。幸福寶哎呀一聲，摔進一旁的草叢裡。

其實，大蛇對熊貓沒什麼興趣，只是防禦性地向熊貓噴射毒液，像熊貓這樣肥胖的野獸，根本吞不下去，大蛇的注意力放在鸚鵡身上，但是大蛇一轉移目標，阿飛卻恍然驚醒，振翅高飛而起，再也不敢與金剛王眼睛蛇四目相對。

詭刺說：「老大，熊貓小子還真勇敢，為了一隻破鳥，竟敢挺身而出。」

野王說：「這就是友情，不離不棄，值得我們狼族學習。」

血刃急忙跑到草叢邊緣，試探地問：「熊貓小子，你受傷了嗎？」

幸福寶伏在一片荒草中，悲哀地說：「我的眼睛，我的眼睛，什麼都看不到了，我瞎了。」

血刃焦急地說：「完了，熊貓小子的眼睛被毒液弄瞎啦。」

阿飛在天空大叫一聲，憤怒地衝向大蛇，為了防備毒液的噴射，阿飛閉上眼睛，用心靈感受著蛇的方位，像一把出鞘的劍！

大蛇有些害怕，鸚鵡不要命似的撲上來，大蛇本能地張開大嘴，朝鸚鵡的腦袋咬去，但是阿飛的速度太快，竟然在大蛇眼前飛掠過去，快如閃電地在蛇頭上猛啄一口。

大蛇怪叫一聲，腦袋被劃了一道口子，但是這條大蛇狡猾非常，立刻嗖地一聲，緊縮身體，把尾巴向泥土裡扎去，等著鸚鵡飛回來，大蛇一聲怒吼，擰起身體，尾巴一彈，縱身跳起，阿飛想要躲閃，已經來不及了。

野王說：「完啦，勝敗已經註定。」

阿飛心中一片悲涼，自己曾身經百戰，沒想到今天卻要葬身蛇腹。

三隻恐狼覺得悲哀，閉上眼睛，可愛的熊貓小子變成了一隻瞎熊貓，而好朋友阿飛卻要被毒蛇吞掉。

詭刺閉著眼睛，說：「老大，既然熊貓瞎了，鸚鵡死了，我們的誓言也不算啦，不如吃掉熊貓，填飽肚子，我們將永遠懷念熊貓小子。」

刷！一道極亮的光芒猶如閃電，讓三隻恐狼的汗毛根根豎立，這是熊貓的爪子發出的光芒！

三隻恐狼不約而同地睜開眼睛，嘴巴張得老大——幸福寶竟然像一隻展翅的大鳥，兩隻爪子彷彿犀利的刀鋒，向毒蛇展開攻擊！

「刷，刷刷」寒氣撲面，眨眼間金剛王眼睛蛇斷成三截，蛇頭落在草叢裡，醜陋地扭曲著，死了。

幸福寶落在地上，驕傲無比地拍拍爪子，輕鬆地說了兩字：「勝利！」

三隻恐狼像石頭一樣，呆立著。

阿飛跳到幸福寶的鼻子上，雖然他的臉色嚇得煞白，但是盯著幸福寶黑溜溜的眼珠，咯咯大笑。

野王奇怪地問：「熊貓小子，你不是說，你瞎了？」

幸福寶說：「我是騙騙這條蛇，沒想到你們也會相信。」

詭刺一咧嘴：「熊貓小子，算你狠，連我們都被你騙了。」

幸福寶微笑著說：「悲痛可以產生力量，我是在激勵阿飛勇敢地戰鬥，這是熊貓小子的妙計。」

阿飛跳到幸福寶的腦袋上，笑得合不攏嘴，說：「熊貓小子，你很卑鄙，不過我喜歡，咯咯。」

野王冷冷地說：「好手段，佩服。」轉身帶著兩隻恐狼，向一處荒野走去。幸福寶問：「野王，你們要去哪？」

詭刺說：「我們要離開這，而且離你越遠越好。」

「靠近熊貓小子，準會倒楣。」血刃邊走邊說：「熊貓小子極難對付，簡直是個怪胎。」

但是，三隻恐狼還沒走進那片叢林，倒楣的事情果然來了，十幾名熊貓獵人在叢林裡現身，他們一發現目標，立刻迫不急待地包圍過來，三隻恐狼差點被羽箭射成刺蝟，只好跟在幸福寶後面玩命地逃竄。

他們竄進一片漆黑的叢林，阿飛埋怨著說：「恐狼，你們是怎麼搞的，把這麼多獵人引來，不要命啦！」

野王鬱悶地說：「鸚鵡，閉上你的臭嘴巴，獵人一直在跟蹤熊貓小子，不是我們引來的，難道我們喜歡自找麻煩嗎？」

詭刺說：「他們是一夥邪惡的獵人，有高度的智慧，他們對熊貓小子最有興趣，因為他們覺得幸福寶是一隻特別的熊貓，想扒他的皮。」

幸福寶鎮定地問：「為什麼要獵殺熊貓，我們不是很可愛的野獸嗎？」

血刃一向對人類沒有好感，因此說道：「獵人全是欺軟怕硬的傢伙，專吃野獸。」

幸福寶說：「不一定，人類與野獸其實一樣，也有善良與兇殘的區別。」

野王忽然說：「停！」

「幹嘛？」阿飛問。

野王圍繞著幸福寶轉了兩圈，用靈敏的鼻子嗅著幸福寶身上的味道，阿飛緊張而疑惑地問：「野王，你想幹什麼，難道你還想吃熊貓肉？」

野王冷靜地說：「獵人很聰明，他們知道熊貓也很聰明，所以，這次攻擊一定不簡單。」

阿飛說：「那也不用聞熊貓身上的味道呀！」

野王說：「想要擊敗對手，就要知道對手的心思，想逃出獵人的包圍，就得學會像獵人那樣去思考。」

血刃說：「精闢！」

「精闢，還屁精呢。」阿飛生氣地說，不過野王的話的確有點意思。

幸福寶問：「大狼，你怎麼想？」

野王說：「我在想，獵人為了捕捉到你，可能使用一些非常手段，甚至會佈置一個魚網陣。」

「魚網陣？」幸福寶來了興趣。

野王說：「我見過一些獵人，他們用一種藤草編織成奇怪的工具，叫做魚網，他們將魚網放進河裡捕魚，時間一長，根據這種捕魚的工具，又發明了一種捕捉野獸的方法，簡單說，就是獵人排好隊形，像魚網一樣，慢慢地在草叢裡搜索，不讓一條大魚漏網！」

幸福寶說：「你的意思是，他們會用魚網陣來搜索我們嗎？」

野王說：「沒錯，但是獵人最聰明的還不僅如此，他們有時候會網開一面，故意留下一個缺口，其實那裡埋伏著厲害的陷阱，等一下，你們就會知道。」

野王偷偷地向兩隻恐狼使個眼色，三隻恐狼向叢林深處溜走，幸福寶和阿飛等著恐狼給出答案，但是等了一會，也不見恐狼回來，阿飛恍然大悟，叫道：「哎呀，熊貓小子，我們上了恐狼的大當。」

幸福寶說：「大狼不是前去偵察了麼？」

阿飛說：「笨蛋，他們是逃之夭夭了，留下我們當成獵人追蹤的目標。」

幸福寶還想和阿飛爭辯一下，忽見塵土飛揚，三隻恐狼快得像風一樣，跑了回來，血刃滿身是血，野王戰戰兢兢，詭刺則叫囂道：「熊貓小子，你還真是個倒楣蛋，想要撇下你，只能有更倒楣的事情發生。」

凱旋說：「血刃，你受傷了嗎，流了這麼多血？」

血刃說：「那不是我的血，是獵人的。」

野王說：「熊貓小子，四面全是獵人，我們差點沒命。」

嗖！嗖！嗖！

幾枝長矛和一排飛箭從天空落下，嚇得熊貓、恐狼、鸚鵡急忙亂竄，全都擁擠到一棵大榕樹後躲藏，樹幹上傳來落滿飛箭的聲音，羽箭像蝗蟲一樣在天空飛舞，這時候誰敢離開大樹，一定會變成刺蝟！

熊貓、恐狼和鸚鵡默不做聲地藏在樹後，感覺著獵人的腳步聲越來越近，大家都心跳加速，汗水淋漓。

忽然，野王使了一個卑鄙的花招，悄悄伸出後腿，閃電般地踢在阿飛的屁股上。阿飛說：「你好卑鄙。」一身形一抖，從樹幹後面滾了出去，迎接他的是一陣更猛烈的飛箭，但是阿飛拿出玩命的速度，眨眼之間，變成一個彩色的肉球，滿地亂滾。

野王用沉痛的聲音說：「真是勇敢的阿飛，為了掩護我們，他甘願犧牲自己！」

血刃和詭刺忍住卑鄙的笑容，嚴肅地說：「但願他逢凶化吉。」

幸福寶望著阿飛的身影，心裡祈禱著：「快跑吧阿飛！離開這片死亡之地！」阿飛的身影也正如熊貓小子祈禱的那樣，其快如風，躲過一陣密集的箭雨後，縱身竄起，猶如寒星一般消失在叢林中。

野王嘿嘿一笑：「阿飛是勇敢的榜樣，只有勇敢者，才能逃出獵人的魔掌！」

詭刺咯咯一笑：「怎麼樣，熊貓小子，要不要試試？」

幸福寶鎮定地說：「又來激將法，我才不會上當。」

野王嘿嘿一笑，三隻恐狼努力地蜷縮起身體，但是恐懼讓他們顫抖，只聽見咕咚一聲，血刃霎時沒了蹤影，詭刺和野王嚇得連忙祈禱，因為他們聽說過一種專吃野獸的樹，估計血刃是被大樹給吃了。

只有幸福寶說：「這棵大榕樹有秘密。」

野王閉著眼睛說：「秘密？這個秘密我早知道了，這棵大樹是專吃野獸的妖精！」

幸福寶說：「不是，後面有一個樹洞。」

同時，樹洞裡傳來血刃的尖叫，「老大，救命，救命！」

果然，大榕樹根上裸露著一個漆黑的洞口，因為他們太緊張了，所以沒有發現，血刃的呼救聲在樹洞裡迴蕩。

幸福寶伸著大腦袋，朝樹洞裡瞧了瞧，陰森森的樹洞很深，而且十分陡峭，完全瞧不清楚下面的情況，顯得異常神秘。

野王哇哇叫了兩聲，正要大展身手，勇敢地衝進洞口，但是幸福寶說：「野王，還是我下去吧，恐狼不善攀爬，你們下去就上不來啦。」
野王感動地說：「你真是隻善良的熊貓，恐狼為從前的所做所為感到羞愧，謝謝你的幫助。」
詭刺說：「熊貓小子，我從來都沒有敬佩過一隻熊貓，你是第一個。」
幸福寶說：「少來，你們還是想吃掉我，騙誰呀。」
野王和詭刺不好意思地笑了，熊貓小子其實一點都不傻，還很精明，吃熊貓肉的希望彷彿更加渺茫了。
幸福寶抖擻精神，趴在陡峭的洞壁上，緩慢地向下爬，一個沒留神，咕嚕一聲滾了下去，正巧在血刃的腦袋上，結果一路翻滾，跌進一條漆黑的密道。
幸福寶的屁股才一著地，顧不得渾身疼痛，立刻爬起來呼喚，「血刃？你在哪呢？」
沒有回音，漆黑的密道裡吹來一股熾熱的氣流，夾雜著嗚嗚的鬼泣聲，幸福寶向裡面摸去，只看到幾點冷光若隱若現，越向前爬，裡面的洞穴越寬敞。

# 11 森林女皇

地下洞穴彷彿迷宮一般充滿了熾熱的氣息，偶爾有一絲光芒從岩石的縫隙裡滲透進來，幸福寶在密道裡穿行，卻始終沒有找到血刃的身影。

熊貓小子有點迷路，前面飛舞的冷光忽隱忽現，泥土裡裸露著各種色彩瑰麗的岩石，除了泥土裡的岩石，還有一些灰白色的軟軟的泥塊，看起來相當古怪，大的小的，圓的扁的，外表黏黏的，難道是一種還沒有凝固的石頭？

正當幸福寶癡迷這些美麗石頭的時候，兩點冷光飛來，原來是兩隻螢火蟲落進了他的耳朵，大叫道：「熊貓小子，要命的話就快跑！」

幸福寶鎮定地問：「這裡有什麼怪獸嗎？」

一隻螢火蟲說：「這裡的怪獸是最恐怖，最殘忍的森林女皇，地下洞穴是她的領地。」

另一隻螢火蟲說：「沒錯，森林女皇總是先把獵物毒死，或者麻醉，把你變成女皇的美食，然後吸食乾淨。」

幸福寶好不奇怪，從沒聽過森林女皇這號名字，難道那些奇怪的石頭，其實是森林女皇儲藏的食物？莫非血刃已經遭了森林女皇的毒手？

幸福寶的耳朵有點癢，急忙抖了抖大耳朵，兩隻小告密者鼓著肚子上的發光節，落在他的耳朵上，讓他的兩隻黑耳朵，看起來像是兩隻發光的蝴蝶。

幸福寶正想查看那些奇怪的石頭，一種細微的聲音從洞壁上傳來，兩隻螢火蟲立刻熄滅光芒，警告熊貓小子快點藏起來。幸福寶隱藏在黑暗裡，只聽見螢火蟲在耳朵上不停地喘息，彷彿極度恐懼。

六、七隻大蜘蛛沿著洞壁爬了過來，但是這些大蜘蛛沒有發動攻擊，而是迅速從幸福寶的頭頂上爬過，在幸福寶可能逃脫的洞口處吐絲結網。

幸福寶在黑暗中雙眼發亮，什麼森林女皇，不過是一些大蜘蛛，可是他不敢輕敵，這些蜘蛛有烏龜大小，揮舞著一對強壯的螯肢，邁動八條豎起剛毛的爪子，向幸福寶緩緩靠攏。

大蜘蛛圓睜著四隻眼睛，口器裡伸出一對毒牙，毒牙連接毒腺，在噬咬獵物的同時，注射毒素，致使獵物死亡或者昏迷，同時注射一種消化酶，使獵物融化成一團糨糊，最後用吮吸的方式進食。

狹路相逢勇者勝，沒什麼可說的，只有戰鬥！

幸福寶想，只要不被蜘蛛的毒牙咬到，也沒什麼可怕，他率先撲向一隻蜘蛛，威風凜凜，殺氣騰騰，搬起一塊石頭，向蜘蛛砸去。

噗！

蜘蛛被砸中了腦袋，一聲不吭地完蛋了。

兩隻螢火蟲鼓起發光節上的冷光，發出喝彩，那些大蜘蛛知道熊貓小子的厲害，紛紛向後退縮，趴在蛛網上嚴陣以待。

幸福寶蹦蹦跳跳地撲了上來，蜘蛛們露出一絲冷笑，以為幸福寶要自投羅網，誰知幸福寶跳到蛛網前面，伸出爪子，在一根根蛛絲上彈來彈去，五、六張蛛網都震動起來，這下可讓爬行在蛛網上的蜘蛛手忙腳亂，慌亂不已。

原來，幸福寶已經看破了蜘蛛的秘密，蛛絲是用來傳遞資訊的，只要破壞蜘蛛的網路，隨意改變信號，就能讓這些蜘蛛混亂起來。

幸福寶輕鬆應戰，抓抓這根，玩玩那根，蛛網亂顫，蜘蛛忙成一團，顧不得反擊，玩得差不多了，幸福寶才抓起幾塊大石頭，把蛛網一一砸破，蜘蛛立刻驚慌四竄，嘴裡發出嘶嘶的叫聲，退進一個漆黑無底的黑洞。

蜘蛛們迅速溜走。幸福寶快樂地獲得了勝利，他走到一塊灰白色的石頭前，發現這些石頭其實是用蛛絲裹起的獵物，借著螢火蟲的微光，伸爪一劃，刷，蛛絲破裂，裡面是一隻昏迷不醒的小豹子，再劃開一個小點的，是一隻酣睡的布穀鳥，就是沒有血刃的蹤跡。

幸福寶正在焦急，空氣中吹來一股腥臭的味道，幸福寶聞了聞，差點嘔吐，兩隻螢火蟲恐慌起來：「熊貓小子，森林女皇來啦。」

突然，一對凶光四射的眼珠出現在幸福寶的頭上，寒冷的目光幾乎能凍結幸福寶的全身血液，緊接著，另一雙更大更凶的眼睛出現了，一共是八隻眼睛，用仇恨的目光盯著他！

幸福寶覺察到了危險，猛然向後滾去，一對毒牙像獵人的劍鋒，貼著他的頭皮刺空了。

幸福寶打了一個滾，翻身跳起，哇，一隻巨型蜘蛛出現在眼前，蜘蛛的八條腿像小樹樁一樣結實，身體如同一塊巨石，露出一張黑白花紋的笑臉，等大蜘蛛慢慢轉過身，幸福寶才發覺，那張有點妖異的笑臉，其實是蜘蛛背上的圖案，這是一隻已經絕種的巨型人面蜘蛛！

兩隻螢火蟲悄悄地對幸福寶耳語：「剛才圍攻你的那些蜘蛛是公的，這隻是母的，她才是森林女皇，是地下洞穴的統治者。」

森林女皇聳起身體，舉起一對前爪，呼地向幸福寶砸落，幸福寶低頭一滾，從森林女皇的兩爪間穿過，蜘蛛腿上的剛毛在他的身上劃出幾道血痕，火辣辣的痛！

森林女皇瞬間轉身，邁動八隻巨腿，不停地發動攻擊，幸福寶只有一個方法躲避森林女皇的攻擊——不停地滾來滾去。

幸福寶一邊滾動，一邊觀察洞穴的大小，哪有狹窄的洞穴，幸福寶就向哪滾，在狹窄的地方，大蜘蛛根本沒法進攻。

很快，森林女皇洞悉了幸福寶的用意，靈巧地用八隻巨腿在地面狂掃，揚起了一片塵土，幸福寶的視線被灰塵遮擋，暫時找不到藏身的洞穴，那兩隻助陣的螢火蟲早已逃之夭夭了。

黑暗中，幸福寶靠在一片溫暖的泥土上，森林女皇張開八條巨腿，堵住他的去路，張開毒牙，準備刺進幸福寶的腦袋，幸福寶向前一竄，撞到森林女皇的爪子上，就勢抱住森林女皇的大腿，狠狠地來了一口，他的嘴巴被鋼毛刺得鮮血淋漓，疼痛不已。

森林女皇感到一陣巨痛，用力一踢，將幸福寶甩了出去，一頭撞到洞穴壁上，幸運的是，幸福寶連頭皮都沒有撞破，因為他撞到塊柔軟的泥巴上，隨著簌簌而落的泥沙，他滾進一個神秘的洞穴，眼前突然光明盛放。

幸福寶扒開泥土，爬了起來，發現這裡是一個秘密的洞窟，洞壁上的石頭在閃閃發光，當中有一個奇怪的黃色大球，幸福寶摸了摸，軟軟的，裡面裝著好多圓圓的野鴨蛋。

幸福寶忽然醒悟，這是蜘蛛的卵袋，或許是森林女皇的後代，狡猾的森林女皇，把她的子孫藏在這個秘窟中，用泥巴封好洞口。不過，讓幸福寶納悶的是，一般的母蜘蛛都會在產卵之後，慢慢死去，而森林女皇沒死，真是一個奇蹟，或許，這只卵袋不是她的，森林女皇只是一個忠誠的守衛者。

此刻，森林女皇在洞外焦躁起來，用爪子拚命地挖掘洞口，泥土橫飛，洞口在漸漸擴大、坍塌，森林女皇發出低聲嘶吼。

幸福寶用爪子猛地向卵袋擊去，森林女皇幾乎是踉蹌了幾步，一對毒牙忽伸忽縮，八隻眼睛釋放出絕望的光芒！

驀地，幸福寶將爪子停在卵袋上面，其實他並不想傷害這些小生命，只想試探一下森林女皇，他要讓這隻大蜘蛛明白，小蜘蛛的命運已經握在熊貓小子的手上。

霎時，洞裡靜悄悄的。

森林女皇的囂張氣焰漸漸熄滅，幸福寶也將爪子收回，森林女皇安靜下來，八隻眼睛閃出柔和的光澤，彷彿對幸福寶脈脈含情。

幸福寶笑咪咪地走到洞口，因為洞口還不是很大，森林女皇暫時鑽不進來，幸福寶說：「退後。」

森林女皇立刻退了幾步，她很清楚幸福寶的意思，幸福寶說：「森林女皇，我們做個交易，請放了我的朋友，恐狼血刃！」

森林女皇點點頭，向後退去，消失在黑暗中，片刻之後，森林女皇再次從黑暗中現身，兩隻爪子鉤著一個灰白色的絲囊。

森林女皇將絲囊向洞穴裡一丟，幸福寶急忙上前，用爪子劃開絲囊，大吃一驚，在裡面的居然是一隻被毒殺的羚羊。

幸福寶發現上當了，驀地抬頭，十幾隻公蜘蛛像潮水似的從洞口湧入，那些公蜘蛛受到森林女皇的挑唆，從洞口竄進來，向幸福寶發動兇猛的進攻。

一隻公蜘蛛跳到幸福寶的頭上，張開毒牙就咬，幸福寶一扭脖子，把蜘蛛甩了出去，另一隻蜘蛛飛快地竄了上來，幸福寶一爪橫掃，把蜘蛛掃得沒了影，然後他伏在地上，大吼一聲！

幸福寶的吼聲震耳欲聾，但是公蜘蛛面無懼色，個個拚命，奮勇爭先。幸福寶拍倒一隻，又上來一隻，幸福寶有點手忙腳亂。而森林女皇則用爪子拚命地挖掘洞口的泥土。

驀地，秘窟深處傳來一陣轟隆隆的巨響！

洞穴的四壁出現無數條裂痕，裂痕開始向地面延伸，大塊大塊的泥土墜落下來，公蜘蛛立刻驚恐四竄，只有森林女皇還戀戀不捨地守在洞口。

幸福寶跑到洞口，森林女皇的八隻眼睛死盯著幸福寶，幸福寶想爬出洞穴，而森林女皇的爪子卻像刀鋒一樣落下，幸福寶嚇得一縮脖子，又退回秘窟。

秘窟中的氣溫驟然升高起來，一道熾熱的熔岩從縫隙裡流淌出來，正在填滿整個洞穴。幸福寶必須要拚命一博，他退後幾步，猛然地向洞口猛衝。

森林女皇露出得意的獰笑，這隻熊貓插翅難飛，張開毒牙向熊貓小子猛刺，忽然飛來一道黑色的身影，快如閃電！

森林女皇左邊的第三條腿上一痛，彷彿被刀鋒劃破了膝關節，森林女皇勃然大怒，但是對方動作太快，好似一道閃電，在大蜘蛛的眼前刷刷刷，來回飛掠。

森林女皇扭轉起龐大的身軀，來對付這隻強敵，暫時把幸福寶忘在腦後，因此幸福寶在地上打了個滾，輕鬆地跳出了洞穴，歡喜地叫道：「阿飛，我以為你被獵人捉去啦。」

掩護完成，阿飛收回翅膀，輕落在幸福寶的肩頭，嘎嘎大笑：「被獵人捉住，怎麼可能？我是一隻有魔力的鳥，收拾這隻大蜘蛛，不在話下。」

幸福寶問：「你看到血刃了嗎？」

阿飛說：「別提啦，這個沒義氣的傢伙，我把他從絲囊裡解救出來，本來約好，一同幫你對付大蜘蛛，誰知道他被這隻大蜘蛛給嚇跑了。」

森林女皇用八隻怪眼，瞧著那隻渾身斑斕的鸚鵡，眼神裡充滿了驚疑！

阿飛繼續說道：「熊貓小子，快點跟我來吧，這裡將要發生一場大災難，天塌地陷啦！」

轟隆！

阿飛的話音未落，洞穴裡的泥土大片大片地墜落，幸福寶邁開大步，跟在阿飛後面，向洞外跑去。

森林女皇射出十幾根柔韌的蛛絲，黏在卵袋上，輕輕地拾起蛛絲，將卵袋掛在一隻爪子上面，像一隻溫柔多情的母親，甩開八條長腿，一路狂奔，她已經無心獵殺熊貓小子了，現在可是逃命要緊呀。

這樣一來，幸福寶倒揀了一個大便宜，森林女皇的身軀正好覆蓋在熊貓的頭上，替他遮擋墜落下來的大塊沙石。

森林女皇一路狂奔，泥石紛紛墜落，熊貓和鸚鵡藏在大蜘蛛的肚子下面飛跑，好像是森林女皇在掩護他們一樣，形成一副奇妙的畫面！

漸漸的，前面出現一道亮光，與此同時，洞穴深處傳來坍塌的聲音，大地彷彿傾斜，轟隆一聲巨響，整個洞穴化成了一股彌漫的煙塵！

泥沙飛騰，幸福寶幾乎被嗆得窒息，他想抓住點什麼，但是除了稀鬆的泥土，什麼都抓不到，泥土和沙子像溪水一樣柔軟，卷裹著幸福寶向塌陷的深淵滑落，好在阿飛會飛，拍拍翅膀，鑽進一團塵埃，消失不見。

森林女皇是攀爬絕壁的高手，八隻巨爪深深地刺進泥土，迎著流淌下來的大團泥沙，奮力向上攀登。

幸福寶還在堅持，他抓到一截樹根，於是緊緊地扣住粗壯的樹根，眼前一花，三條黑影墜落下來，一隻挨一隻，恰好騎到他的脖子上，正是三隻恐狼！

野王落在最上面，他相當聰明，立刻討好地對幸福寶說：「熊貓小子，我好想你呀。」說完，低頭在幸福寶的臉頰上親了一下，臭烘烘的嘴巴，讓幸福寶感覺非常噁心。

詭刺和血刃親切地說：「熊貓小子，好樣的，堅持住，不要放棄，堅持就是勝利。」

幸福寶說：「你們怎麼沒有逃走？」

血刃說：「我們捨不得離開你，所以想下到洞穴裡來看看，沒想到洞穴竟然塌了，真是太倒楣啦。」

幸福寶一笑，這三個口是心非的壞傢伙，他們並不是來幫助熊貓小子的。

三隻恐狼的重量不輕，熊貓小子只有忍耐。但是三隻恐狼向下一看，立刻大呼小叫起來，森林女皇懸掛在熊貓小子的下面，用恐怖的目光盯著三隻恐狼，以為恐狼和幸福寶是同黨！

森林女皇從大嘴裡噴出一股股殺氣，三隻恐狼嚇得臉色蒼白，有了想尿尿的感覺。

喀嚓一聲！

樹根無法承受熊貓和恐狼的重量，撕裂出一道大裂紋，幸福寶向下一瞧，森林女皇的洞穴已經面目全非，大地沉陷出一個巨大的深淵，深淵裡流淌赤紅色的熔岩，而自己就趴在深淵的邊緣！

# 12 生命的重托

三隻恐狼感覺到幸福寶快要堅持不住了，野王長嚎一聲，三隻恐狼縱身跳起，居然跳到了森林女皇的背上。

森林女皇大怒，將身體一斜，三隻恐狼從背上滑落下去，但是三隻恐狼非常機敏，他們在下落的時候，順勢抱住了蜘蛛的一條大腿，發出絕望的尖叫。

不過，森林女皇再沒有餘力對付三隻恐狼，一大塊土地陷落下來，幸福寶瞬間掉了下去。

血刃說：「老大，熊貓小子完了。」

野王說：「熊貓小子完蛋了，但是我們必須堅持下去。」

「你們才完蛋了呢。」幸福寶的聲音從下面傳來。

三隻恐狼低頭一瞧，嘿，幸福寶還真幸運，居然抓住森林女皇繫著卵袋的蛛絲，吊在半空呢。

森林女皇正在向上攀爬，顯得異常吃力，每向上一步，都需要把爪子深深地插進泥土裡面。

幸福寶吊在蛛絲上，隨時都可能將蛛絲扯斷，好在森林女皇害怕卵袋墜落，又向下面甩了數十根蛛絲，幸福寶抓住那些柔韌的蛛絲，在森林女皇的屁股下面蕩來蕩去，充滿了驚險。

洞穴還在不停地塌陷，流沙和泥土如同波浪一樣流淌，不知道阿飛從那裡鑽了出來，在森林女皇的腦袋上來回飛舞，大叫道：「大蜘蛛，快點爬，下面深不見底，掉下去，肯定玩完。」

森林女神在阿飛的催促下，一點點向上攀爬，幸福寶和恐狼都將希望寄託在森林女皇的身上。但是，森林女皇的動作越來越慢，幸福寶的心跳卻越來越快，忽然，森林女皇飛快地收起蛛絲，將幸福寶和卵袋提了上來，三隻恐狼覺得熊貓小子肯定要被大蜘蛛吃掉，不過森林女皇並沒用毒牙刺穿幸福寶的腦袋，她用八隻眼睛溫柔地凝視著幸福寶，用兩隻爪子飛快地將卵袋推向幸福寶，飛快地旋轉著蛛絲，將卵袋纏繞在熊貓小子的懷裡。

血刃問：「老大，是這隻大蜘蛛瘋了，還是熊貓小子的運氣真好，居然還沒死？」

詭刺看出了苗頭，正要提醒老大，野王立刻用眼神制止，他已經明白森林女皇的用意，這是一個千載難逢的逃生機會，他用陰冷的目光，告訴血刃和詭刺做好準備！

幸福寶明白了，森林女皇是想讓他來保護那些小蜘蛛，森林女皇的目光裡流露出悲哀的光芒和母性的神采。然後，森林女皇用最驚人的力量，將卵袋和熊貓用力地搖盪，接著森林女皇伏下身體，八個爪子向上一彈，熊貓和卵袋像流星一樣飛了出去。

與此同時，三隻恐狼瞄準蛛絲的飛行方位，好似三道電光，野王縱身跳起，一口咬住蛛絲，詭刺、血刃緊隨其後。

堅韌的蛛絲在空中劃出一道弧線，幸福寶被甩到了天空，不停地翻滾，三隻恐狼也在蛛絲的牽扯下，在空中滑翔，勢盡力衰，重重地摔在地上。

森林女皇使用的力量很巧妙，幸福寶抱著卵袋落在地上滾了兩圈，居然沒有受傷，只是屁股摔得生痛，他貼著溫暖的卵袋，感受到裡面的小生命的悸動。

三隻恐狼也摔在地上，骨頭差點四分五裂，趴在地上喘息，剛才的歷險，讓他們全身濕透，汗水涔涔。

幸福寶慢慢地爬起來，把卵袋移到背上，他的奇怪舉動讓三隻恐狼百思不解。沒錯，幸福寶已經暗下決心，要將這些小生命送到安全的地方，森林女皇在跌下懸崖的那一瞬，用無聲的目光完成了對熊貓小子的生命重托，他必須肩負起保護這些小生命的神聖職責。

詭刺笑道：「熊貓小子，你想保護這只卵袋嗎，真是一隻有情有義的熊貓。」

野王向兩隻恐狼一擠眼，點頭說道：「沒錯，我們應該幫助熊貓小子，護送他到一個安全的地點，血刃，你去探路。」

血刃怪叫一聲，忘記滿身的傷痕，搖頭晃腦地竄了起來，前去探路。

大地暫時恢復了平靜，地面縱橫開裂，從地縫裡流淌出的熔岩，散發著陣陣紫紅色的毒霧，泛出酸臭的氣味。

追蹤幸福寶的獵人已經逃跑了，大地的力量震撼了獵人，人類和野獸必須畏懼天地的力量。但是他們還不知道，大地的震怒才剛開始，接下來還有更猛烈的餘震！

幸福寶背著卵袋跟在恐狼後面，三隻鬼祟的狼影在瀰漫的霧氣中陰森可怖，不知道阿飛哪裡去了，幸福寶感覺很孤單，步子變得緩慢而沉重，他很清楚，恐狼絕沒有這樣好心腸，可是他不想放棄這只卵袋，他要全心全意地保護這些小生命。

三隻恐狼逐漸興奮起來，他們在暗中積蓄力量，準備把幸福寶引誘到一個荒涼而安全的地方，一隻肥胖的熊貓足夠他們吃三天，而且要把剩餘的熊貓肉儲藏起來，不能讓禿鷲來分享，至於那只卵袋，見鬼去吧！

走了好幾天，越往前走，越覺得不對勁，他們有些迷路，因為大地震動，山脈傾斜，森林坍塌，遍地是荒涼的景色，一些沒有逃過災難的野獸倒斃在路邊。

血刃想去吞吃那些屍體，野王說：「不要動那些屍體，如果你不想死的話。」

詭刺說：「為什麼？」

野王說：「因為，這些野獸不是死於天災，他們的死因很可疑？」

前面有一隻雲豹，豹子的嘴角還流淌著鮮血，他的眼珠已經停滯不動，靜靜地等待著死亡的降臨。

幸福寶走過去，想撫摩一下小豹子的身體，突然有個聲音大叫道：「不想死的，就別碰豹子，熊貓小子！」

幸福寶和恐狼都嚇了一跳，旁邊的矮樹叢中鑽出一個大腦袋，圓耳朵，尖牙齒，一臉陰沉的熊貓，竟然是辣椒！

幸福寶說：「辣椒，你怎麼來了？」

辣椒說：「我來尋找食物，熊貓們都餓壞了，根本找不到吃的，一隻熊貓偷吃死在路邊的馬鹿，結果，這隻熊貓死於非命。」

幸福寶說：「辣椒，你沒吃吧。」

「沒有。」辣椒說，「我覺得這些野獸的死亡很事出事出蹊蹺，所以沒動。」說完，她鼓了鼓乾癟的肚子，她是一個以肥胖為美的母熊貓，所以要盡力保持自己圓潤而豐滿的身材。

三隻恐狼聽了辣椒的陳述，感覺不妙，血刃說：「這些屍體被下了毒，或許是眼鏡蛇幹的好事！」

詭刺表示贊同，野王一直沒說話。

幸福寶對辣椒說：「我們走吧，去找那些熊貓。」

辣椒看見背後的卵袋，還有一些透明的蛛絲纏在幸福寶的身體上，她吃驚地問：「你背上的是什麼，是食物？」

「不是。」幸福寶說：「是一些可愛的小生命。」

辣椒狐疑地問：「是你的孩子？」

三隻恐狼笑得差點肚子痛，野王咧著大嘴，「哈哈，熊貓小子的孩子，我告訴你，熊貓妹妹，那的確是熊貓小子的孩子，而且是長著八條腿的怪熊貓，哈哈。」

血刃說：「老大，你簡直太有風趣啦。」

詭刺說：「沒錯，老大就是老大。」

三隻恐狼再也等不及了，撕下和善的面具，張開猙獰的大嘴，用恐嚇的氣勢先把兩隻熊貓嚇住，三隻恐狼對兩隻熊貓，雖然不是有很大把握，但是一隻熊貓餓得沒了力氣，一隻熊貓背著一個大包袱，值得嘗試！

幸福寶很緊張，恐怕會有一場惡戰，但辣椒一點也不含糊，她把幸福寶一推，朝著恐狼大叫：「好呀，你們這些壞蛋，想打架是不是，我在可是很鬱悶，很生氣！」

被一隻熊貓妹妹壓住了氣勢，野王又意外又沮喪，他要展示一下老大的威風，因此向辣椒撲去，辣椒的嘴巴一張，好似血盆大口，從嘴裡噴出一股辣椒的味道，又濃又衝，野王還沒撲到辣椒面前，眼淚、鼻涕，順嘴直淌，立刻頓住身形，連打兩個噴嚏，正當野王痛苦的時候，辣椒的巴掌，啪地一聲，結結實實地搧在野王的臉上，打得野王一溜翻滾，嘴裡直喊，「哎呦呦，哎呀呀！」

血刃和詭刺從沒見過老大竟然這樣一敗塗地，兩隻恐狼分別從左右衝去，但是他們並沒有吸取老大失敗的教訓，還沒撲到辣椒面前，已被辣椒的氣味熏得淚水漣漣，扭頭就跑。

幸福寶說：「辣椒，還是你厲害。」

辣椒輕易得勝，更是樂不可支的大叫：「壞狼不要跑，我要教訓你們這些壞蛋。」

三隻恐狼其實沒跑，他們擦乾淚水和口水，重新列隊，向幸福寶和辣椒緩緩靠近，他們的模樣有點特別，為了躲避辣椒噴出的氣味，閉著鼻孔，瞇著眼睛，緊咬牙關，不像是準備攻擊，倒像是在搞怪！

幸福寶一拉辣椒的尾巴，兩隻熊貓坐在地上，放心大膽地看著三隻恐狼走過來，三隻恐狼有點猶豫，熊貓在幹什麼，玩心理戰？

詭刺保持著警惕，猛一扭頭，嚎叫道：「老大不好了，我們被熊貓給包圍啦。」

野王和血刃轉過身一瞧，黑白兩色的熊貓皮毛耀眼，老頑固、鈴鐺、鐵頭、小黑、小白、小花，還有一些不知名字的熊貓都圍攏了過來，這些熊貓的數量，讓三隻恐狼難以抵擋，因此野王決定撤退，三隻恐狼虛晃一槍，繞過熊貓的包圍，逃得無影無蹤了。

強敵跑了，熊貓們又開始鬆散起來，懶散地圍住幸福寶。鐵頭來到幸福寶面前，幸福寶說：「沒錯，熊貓是野獸，但不是殘忍的野獸。」

鐵頭催促說：「快把肉袋子交出來，我們吃掉這些肉，就能生存下去。」

幸福寶說：「太殘忍了，熊貓一族是熱愛生命的。」

小白、小花、小黑都說，熊貓小子的腦袋出了毛病。

老頑固把鬍子一撅，對幸福寶說：「現在是熊貓一族生死存亡的重大關頭，熊貓小子，你應該做出犧牲，我們快要餓瘋了，渾身無力，沒有什麼比吃肉更能繼續對生存的渴望。」

鐵頭說：「我早說過，幸福寶是大叛徒，他要看著我們忍受饑餓的煎熬，一個個痛苦地死去，他是個大叛徒。」

鐵頭的煽動，讓熊貓們對幸福寶射出仇恨的目光，熊貓們無比憤怒，兩隻大熊貓流著口水衝過來，他倆懶得浪費口舌，要用武力把幸福寶的肉袋子奪下來。

幸福寶只好落荒而逃，身後傳來熊貓刺耳的咒罵聲，像鋒利的武器般，刺痛了他的心，他覺得被熊貓一族拋棄了，前面的路途越來越艱難。

# 13 老虎

幸福寶一直朝著西南方跑了七天七夜。

這一天，幸福寶爬上一座光禿禿的山崗，有了驚奇的發現，遠處是一片濃郁的叢林，在陽光下閃耀著綠寶石一樣的光芒，一股清新的味道隨風飄來，帶著花朵的香味，那裡簡直是理想中的棲息之地。

突然，陽光下浮現出一道黑影，幸福寶沒有立刻轉身，他從地面的影子判斷，這是一隻龐然大物，想從背後偷襲。幸福寶沉著應戰，他把卵袋丟在一旁，等黑影撲上來的時候，猛然轉身，用腦袋頂住黑影的下巴，和黑影一路滾下山坡。

這是一隻大傢伙，比恐狼壯實得多，而且力量驚人，兩隻爪子扣住幸福寶的脊背，幾乎讓他喘不過氣來，他看見這東西渾身生滿毛絨絨的黑黃花斑，還有一條強勁有力的尾巴。

砰！

幸福寶和黑影撞到一塊岩石上，黑影倏地從幸福寶的身上彈開，幸福寶有點眩暈，但他裝出若無其事的樣子。

黑影跳上一塊岩石，不停地喘息，這傢伙長著一個大腦袋，腦門上橫著三道黑色醒目的花紋，特別有趣。

幸福寶立刻想到了兇猛而殘忍的劍齒虎，問：「你是一隻劍齒虎嗎？」接著，他忽然意識到，自己提了一個傻問題，劍齒虎和這傢伙長得可不一樣，他沒有劍齒虎的兩顆長門牙，皮毛也比劍齒虎的更花哨。

黑影輕哼了一聲：「你是誰，是來找我打架的嗎？」

幸福寶搖了搖頭。

黑影露出一點笑容，警惕的神色卻並沒有改變：「如果你不想找我打架，來這裡幹什麼？」

幸福寶說：「我叫幸福寶，是一隻熊貓，熊貓不喜歡打架。」

黑影鬆了一口氣：「熊貓小子，我的外號叫老虎。」

老虎？

「老虎這個外號很好玩，可是你一點也不老。」幸福寶：「你很年輕，又有力量，速度也不賴。」

老虎耷拉著腦袋，歎息著說：「其實，我是一隻被遺棄的劍齒虎，我出生的時候，就和那些劍齒虎不一樣，我在很小的時候，腦袋上就長出老年的斑紋，還有我的牙齒，我拚命地吃肉，但是兩顆門牙也長不到劍齒虎的長度，我天天受到嘲諷和譏笑，他們叫我老虎，我做什麼都沒有信心，只好留在這裡，每天嚇唬小動物，過著無聊而苦悶的日子。」

幸福寶想了想說：「但是我覺得，你腦袋上的花紋很好看，很威武。」

「是真的嗎，你是第一個讚賞我的傢伙，熊貓小子。」老虎高興起來，從岩石上一躍而下，伸出舌頭舔幸福寶的臉頰。幸福寶閉上眼睛，勇氣灌注全身，不然，他早被老虎的大嘴嚇暈了。

老虎做完親密而友好的問候，跑上山坡，叼著卵袋跑了回來，把它交給幸福寶，動作快如閃電，虎虎生威。

幸福寶重新背好卵袋，說：「老虎，其實你發起怒來，相當的威風，你沒有自己的名字嗎？」

老虎說：「沒有，我做什麼都沒有信心，怎麼會有名字。」

「我幫你起個名字，好嗎？」

「好。」

幸福寶想了想，沒有好名字從腦海裡跳出來，但是又怕老虎不高興，因此拿出熱情滿滿的樣子，思索著說：「老虎的名字麼，馬虎，馬馬虎虎，爬山虎，賴皮虎？」

老虎眉頭一皺：「熊貓小子，你起的什麼破名字，不好聽，我要一個和幸福寶一樣，要個好聽而響亮的名字。」

「沒問題。」幸福寶說，但是起個名字比打架還難，他絞盡腦汁地趴在岩石上想啊想的，竟然緩緩地進入了夢鄉，有了老虎做伴，他的夢境一點也不孤單，更不荒涼。

第二天一大早。

清晨的曙光溫暖著幸福寶的身體，他是被一場惡夢給驚醒的，他夢見大卵袋裡孵化出一隻怪獸，生著八條毛絨絨的長腿，長著一隻熊貓腦袋，和圓滾滾的熊貓肚子，肚臍眼裡噴出柔韌的蛛絲，對幸福寶一路狂追，大叫著：「爸爸，爸爸，蜘蛛的爸爸！」

「我不是你們的爸爸。」幸福寶大叫一聲，從夢中驚醒，渾身的汗珠在陽光下，閃耀著美麗的光芒。

岩石曬得滾燙，四野一片蕭條，回望來路，黑湖方向的濃煙凝聚不散，熊貓山谷可能已經毀滅，身旁的老虎不見了蹤跡，卵袋還溫暖地躺在他的臂彎裡。

「老虎，老虎？」幸福寶站在岩石上大喊，久久不見回音。

一隻變色龍從陰影裡爬出來，準備爬到岩石上曬太陽，積聚身體裡的能量。當他看見卵袋以後，立刻垂涎三尺，他是個貪婪的陰謀家，想要美餐一頓，但又畏懼熊貓小子的力量，因此想出一個鬼主意，對幸福寶說：「喂，熊貓小子，在找你的朋友嗎？」

幸福寶看見身體呈現出花花綠綠的顏色的變色龍，問：「你看見我的朋友了嗎？」

變色龍啊了一聲，哭喪著臉說：「熊貓小子，你的朋友朝那邊去了。」撅起一條細長的尾巴，向前面一指，正是幸福寶昨天發現的那片叢林。

幸福寶問：「老虎去那裡做什麼？」

變色龍說：「老虎不是自己跑去的，是被捉去的，當時，老虎正在捉小蟲，還喃喃自語，要給熊貓小子準備一頓豐盛的早餐，這時候，來了一群蠻不講理的傢伙，這些傢伙的速度極快，抬手抬腳，把老虎給捉走了，不過老虎沒有出賣熊貓小子，他是個有情有義的好傢伙。」

幸福寶憤怒極了，對於這樣一個有情誼的好朋友，做為一隻膽量和運氣超好的熊貓，他必須肩負起拯救老虎的使命。幸福寶嗖地從岩石上跳下來，將卵袋上的蛛絲束緊，牢牢地掛在背上。

變色龍說：「哎呀呀，熊貓小子，你這樣不行，這只卵袋太重了，如果你帶著這樣一個累贅，絕對沒辦法戰勝那些傢伙，不如把卵袋留下，我可以幫你守護它，我保證日夜巡視，萬無一失。」

幸福寶說：「謝謝你，變色龍，我會記得你的。」說完，大步流星向那座叢林前進，變色龍的詭計沒有得逞，急得他一溜煙地跟在幸福寶的身後，大叫著：「等等我，等等我嘛。」

幸福寶說：「不要跟著我，變色龍，我要去做非常危險的事情。」

變色龍說：「多一份力量，就多一份希望嘛。」說完，不論幸福寶怎麼拒絕，都堅定地跟在幸福寶的屁股後面，他當然很清楚，那片叢林裡生存著一群惡魔，不過，這些惡魔對一隻變色龍來說，幾乎沒有什麼威脅。

幸福寶前腳剛走，後面來了三隻恐狼，野王三個已經在叢林中轉了好幾天，根本沒抓到什麼獵物，天明的時候，終於在一塊岩石下發現了獵物的蹤跡。

血刃說：「老大，有熊貓的氣味。」

詭刺嗅了嗅，說：「是幸福寶的氣味，是熊貓小子！」

野王圍著岩石，轉了一圈，偵察一番之後，厲聲道：「我斷定，除了熊貓小子，這裡還有一隻大型猛獸，看看這些巨大的爪印。」

「怎麼辦？」血刃說。

野王說：「我們得跟上，我有一種不祥的預感，熊貓小子恐怕要出事。」

詭刺說：「那還等什麼，快點走吧。」

三隻恐狼發出長長的嚎叫，彷彿向蒼天發出挑戰，向著那片鬱鬱蔥蔥的叢林奔去，等恐狼跑得沒了蹤影，岩石後面的芭蕉葉一晃，一隻母熊貓鑽了出來，長長地出了口氣：「鐵頭，出來吧。」

一棵雲杉後面鑽出熊貓鐵頭，他喘息著說：「好險啊，差點被三隻壞狼發現。」

辣椒說：「聽到三隻壞狼的談話了嗎，幸福寶可能就在前面。」

「得了吧，他是熊貓一族的叛徒。」鐵頭說，「我們得去尋找新的領地，老頑固還等著我們回信呢。」

鐵頭帶著辣椒向回走，忽然天空飛來鸚鵡阿飛，急著問道：「兩隻熊貓，看見熊貓小子沒有？我找了他好多天啦。」

鐵頭沒好氣地說：「沒見到。」

阿飛說：「不要那麼沒情誼，告訴我嘛。」

辣椒沒說話，而是將短尾巴一擺，阿飛啊哈一聲，明白了辣椒的暗示，展翅向那片叢林飛去。

# 14 紅魔

幸福寶背著卵袋走進那片叢林，濃密的叢林裡陽光幽暗，大地的震怒並沒有影響到這裡的寧靜，一棵棵古樹枝繁葉茂，變色龍竄在樹梢上，大口而美味地吞噬著樹洞裡養得肥肥胖胖的蟲子，大叫著：「熊貓小子，這裡真是一塊肥沃的寶地。」

一條小溪在叢林間若隱若現，閃動著柔媚的水波。幸福寶來到溪邊喝水，意外地發現了幾只巨大的腳印，他從沒見過這種爪印，叢林裡一定隱藏著一些神秘的居住者。

幸福寶走到一棵大樹前，用爪子扒下兩塊樹皮，這是熊貓標記領地的方法，每一隻熊貓標記的圖形，都絕不相同。老頑固的標記是三道鋸齒狀的花紋，辣椒的是一個叉，而鈴鐺的標記則是一個圈圈，鐵頭則是胡亂地扯下幾塊樹皮，有點像梅花鹿的斑點。

幸福寶想了想，熊貓小子必須有自己最獨特的標記，但是這和給老虎起名一樣困難，熊貓們把可以使用的標記都用光了，他想了半天，只好用爪子在樹幹上畫了一個太陽的笑臉，又繞到樹後，撿了一些寬大的芭蕉和桫欏的樹葉，佈置成一個簡單的草窩，然後向草窩裡一鑽。

水是萬物之源，野獸離不開水，只要守住水源，就能找到老虎的蹤跡。幸福寶是這樣打算的，他摟著溫暖的卵袋，趴在草窩裡耐心地等待著，不一會，打起了呼嚕。

變色龍吃飽以後，也趴在樹梢一動不動，可是一道靈巧的黑影從枝頭落下，變色龍以為自己偽裝得很巧妙，但是他的尾巴被狠狠地抓住，變色龍成了一隻紅毛怪物的俘虜。

變色龍顫抖地問：「你，你就是叢林中傳說的紅魔？」

怪物用一隻爪子抓著變色龍，一隻爪子揉著粉紅色的鼻孔，轉動著一雙黑森森的瞳孔，說：「我想知道，你的朋友是個什麼玩意？」

變色龍說：「他是一隻熊貓，不是我的朋友，而是我的敵人。」

「哦，說說你們有什麼仇恨？」紅魔的臉上浮現出一種幸災樂禍的表情。

變色龍只好編造一個可憐的謊言，說：「我的孩子被熊貓小子搶去了，他用我的孩子來威脅我，要我幫助他獵殺紅魔，就這麼簡單。」

紅魔問：「熊貓小子的戰鬥力強悍嗎？」

變色龍感覺陰謀奏效了，他要把謊言弄得更熱烈一些：「沒錯，熊貓小子很厲害，發誓要剷除紅魔。」

紅魔說：「謝謝你。」說完，將變色龍往嘴裡一丟，直接吞下肚去，然後向叢林中嗚嗚叫了兩聲，樹叢中頓時沸騰起來，樹枝搖曳，刷刷作響。

兩隻體形碩大的紅魔，拔山倒樹而來，空氣裡泛起一股窒息的殺氣，連隱藏在泥土裡的小蟲子們都不敢抬起頭來。

其中一隻紅魔，如泰山壓頂一般，帶著凌厲的攻勢，向熊貓小子的藏身處落下，他的爪子如旋風般地飛舞。

「刷！刷刷！」

芭蕉和桫欏樹葉被撕成無數碎片，紛紛飛舞，地面被紅魔的拳頭砸出一個大坑，但是紅魔呆呆一愣，偷襲竟然落空了。

樹後傳來幸福寶的咯咯笑聲。紅魔收回招式，飛身上樹，這些傢伙的攻擊凌厲無比，撤退也同樣迅捷有力。

幸福寶背著一只大卵袋，從樹後轉了出來，喊道：「熊貓小子，英勇無敵，妖魔鬼怪，統統完蛋。」

三隻紅魔回應道：「熊貓小子，狡猾無比！」

幸福寶抬頭看了看，三隻紅魔生得大同小異，那隻最雄壯的紅魔臉形醜陋，長得比馬鹿還難看，渾身披滿紅色長毛，揮舞著奇長的雙臂，臉頰生著兩大塊肉瘤，十分恐怖，塌癟的大鼻子後面，鑲嵌著一對凶光四射的眸子，正在凝視著自己，大有食之而後快的意味。

幸福寶說：「殘忍的妖怪，多虧熊貓小子留了一手，不然，就中了你們的偷襲啦。」

剛才發動襲擊的紅魔，張開雪白而鋒利的牙齒，兇相畢露地說：「我們是紅毛猩猩，不是妖怪，妖怪跟我們相比，簡直不堪一擊。」說完，三隻紅毛猩猩在樹上遊走，他們已經將幸福寶視為一頓大餐，不惜任何代價，也要將熊貓小子手到擒來。

落葉紛紛，弄得幸福寶滿腦袋都是，一隻紅毛猩猩趁機發動進攻，他是一隻雌猩猩，臉部比較光滑，爪子並不鋒利，但是招式兇狠，一對長長的手臂向幸福寶的臉上抓來。

幸福寶突然熊立而起，兩隻爪子向前猛擊，必須給紅毛猩猩一點顏色瞧瞧，熊貓小子可不是好欺負的。

說時遲，那時快，雌猩猩突然變招，巨大的身體向下一墜，吃掉變色龍的那隻小猩猩，從雌猩猩的後背一躍而出，張開爪子向幸福寶的眼睛抓來，這真是陰險而狠毒的招式，幸福寶大吼一聲，向旁邊一閃，小猩猩的攻擊落空，立刻閃電一般，向後退去，按住大猩猩的肩膀，縱身上樹。

幸福寶背著卵袋，有點礙手礙腳，所以他不想主動進攻，而是躲閃，現在他還不清楚，紅毛猩猩究竟有哪些卑鄙的伎倆，只是張開嘴巴，露出鋒利的牙齒，如此一來，紅毛猩猩才會忌憚三分。

三隻猩猩重新在樹上審視幸福寶，熊貓小子雖然身體渾圓，但是行動一點也不遲緩，三隻紅毛猩猩盯住卵袋，他們非常好奇卵袋裡裝的究竟是什麼？或許可以用攻擊卵袋的方法，牽制幸福寶的注意力。

紅毛猩猩的詭計還沒施展出來，幸福寶突然改變了躲閃的策略，向雌猩猩主動發起攻勢，高昂著圓圓的大腦袋，像隻大野豬一樣衝過來，嘴裡發出老虎的叫聲，「吼吼——」如此氣勢凌厲的攻勢，讓紅毛猩猩都有點畏首畏尾，立刻又跳回樹上。

紅毛猩猩很生氣，雄猩猩下巴上的喉囊腫得老大，發出一陣陣怪叫，他們張開爪子，在枝葉間飛來飛去，小猩猩最為可惡，不停地摘下一些堅硬的果子，向幸福寶的腦袋進行空中轟炸。

幸福寶的腦袋被幾顆橄欖砸中，好在他的腦袋夠硬，但是他害怕卵袋被擊中，只好繞著大樹奔跑，三隻紅毛猩猩窮追不捨，散開隊形，雄猩猩的速度最快，悄無聲息地超過幸福寶，準備埋伏在幸福寶的必經之路，要給熊貓小子來個「驚喜」。

驀地，熊貓小子一動不動了。

三隻紅毛猩猩再次被幸福寶的行為震驚，幸福寶停在一棵竹子前面，拾起一根斷裂的竹子，真是匪夷所思？

三隻紅毛猩猩停在空中，琢磨著幸福寶的古怪舉動，幸福寶像一塊石頭，拄著一根竹子，彷彿若有所思般。三隻猩猩等了片刻，不見幸福寶有任何行動，氣得哇哇大叫：「原來熊貓小子在虛張聲勢啊！」

紅毛猩猩怒不可遏，縱身撲向幸福寶，這是紅毛猩猩的群毆戰術，要把熊貓小子打得暈頭轉向。

可是，沒等紅毛猩猩靠近幸福寶，幸福寶便大吼一聲，揮起竹子一頓亂舞，這下猩猩們可嚇壞了，轉身就跑。

幸福寶嘿嘿一笑，其實他就這麼兩招，看見紅毛猩猩們逃了，他把竹子一丟，轉身就跑，可是他這一跑，就全露餡啦。

紅毛猩猩發現幸福寶不過是三招兩式，大呼上當，縱身朝幸福寶反撲，幸福寶四處躲閃，他們在一片竹林裡繞來繞去。

幸福寶的速度逐漸慢了下來，一隻紅毛猩猩順勢從後面抓住了他的一條腿！

「糟了！」幸福寶心裡暗暗叫苦。

紅毛猩猩的爪子和人類的手掌一樣，雖不鋒利，卻異常靈活，力量強悍。

紅毛猩猩全身的肌肉隆起，喉囊鼓起老大一塊，像鉛灰色的岩石一樣，大力將幸福寶舉過頭頂，向著一塊尖銳突出的岩石狠狠地摔下去。

但是不知道怎的，幸福寶突然彈了回來，兩個爪子踹在紅毛猩猩的肚子上，把紅毛猩猩撞得一溜翻滾，哇哇怪叫，等紅毛猩猩從地上爬起來，他的肚子上赫然印著兩隻熊貓的爪印。

紅毛猩猩眨著驚恐的眼神盯著幸福寶，連幸福寶自己也沒法相信，就在撞到岩石的瞬間，竹子發揮了妙用，他抓到了一根竹子，那根竹子把他的身體彈了回來！

幸福寶穩了穩背後的卵袋，卵袋裡面靜悄悄的，絲毫沒有受到傷害，森林女皇編織的絲袋結實而堅韌。

就在幸福寶和紅毛猩猩僵持不下的時候，三隻恐狼正藏在一片密林下觀戰，如此激烈的戰鬥，連三隻恐狼都覺得驚心動魄。

血刃低聲問：「老大，要不要參戰，紅毛妖怪三個打一個，不算好漢。」

野王無動於衷，淡淡地問：「你是想參戰，還是想幫助熊貓小子？」

血刃被老大猜中了心思，嘿嘿地笑了，諂刺說：「傻蛋，你沒懂老大的心思，老大是在等待，明白嗎？」

血刃說：「明白了，老大，就是老大，等他們鬥得兩敗俱傷，我們再——嗷，嗷！」

野王有點頭痛，血刃愚蠢而快樂的叫聲，已經把他們暴露了，只好硬著頭皮竄了出來。

三隻紅毛猩猩正有些焦躁，突然發現三隻恐狼飛奔過來，立刻緊張起來，以為幸福寶來了幫手，立刻撅起嘴唇，發出「哦哦哦」的叫聲。

野王一驚，已如閃電一般，衝了過去，血刃和詭刺隨後殺出，直撲向幸福寶。

幸福寶以為恐狼要攻擊自己，他疲憊極了，沒有力量再對抗這樣的強敵，但是野王從幸福寶頭上一躍而過，速度極快，不等雌猩猩轉身，野王張開利齒，向雌猩猩身後的小猩猩一口咬去。

雌猩猩扭轉身體，給了野王一巴掌，野王快速一閃，避過紅毛猩猩的重擊，張開大嘴，從喉嚨裡發出展示尊嚴的吼叫。

血刃和詭刺從一旁竄了過去，去攔截紅毛猩猩的退路。但是野王大喝道：「笨蛋，快撤，紅毛猩猩的援兵到了。」

樹叢中，撲來一股濃重的殺氣，一隻碩大的紅毛猩猩出現了，這是一隻威武而強壯的雄性猩猩，牙齒雪白而鋒利，一雙爪子又長又大，像一對威力十足的武器，雙眼射出死亡的光澤，兩頰的脂肪硬塊好像是突生出來的骨頭，讓他的臉看起來誇張而可怕，像是猩猩一族裡的暴君！

# 15 各自為戰

紅毛猩猩氣勢洶洶地叫道：「我是猩猩的首領，雷鼓！」

幸福寶正想說話，忽聽頭上響起一個熟悉的叫聲：「我是鸚鵡阿飛，紅毛猩猩，有什麼指教？」

幸福寶大喜，鸚鵡阿飛像流星一樣，從空中墜落，正落在他的腦門上。

血刃說：「好啊，又來了一個幫手。」精神大振！

詭刺卻說：「笨蛋，看看你的周圍。」

血刃轉眼一看，樹叢中跳出好些隻紅毛大猩猩，而自己這邊只來了一隻鸚鵡，他們好像已經被紅毛猩猩包圍了，三隻恐狼彼此一使眼神，做好了逃跑的準備。

阿飛說：「猩猩們，報上名來，鸚鵡的手下敗將，從沒有無名小卒！」

一隻雌猩猩說：「我的名字叫雙花，我是一隻愛漂亮的猩猩。」

另一個大塊頭說：「我是銅錘，雷鼓大王手下最勇猛的戰士！」

「我是呼嚕，他是憨朵，我們是親兄弟，喜歡睡覺，大吃，玩耍，打架，曬太陽，抓癢癢，無所事事。」

阿飛說：「明白了，你們什麼正事都不幹，是一幫懶惰鬼。」

雷鼓嚴肅地說：「沒錯，我們是不幹正事，但是我們絕不是懶惰鬼，我們很勤勞，為領地和尊嚴而戰，怎麼樣，怕了嗎？哈哈。」

阿飛說：「別吹牛，紅毛猩猩有什麼了不起，我和熊貓小子，正式向猩猩發出挑戰！」

「好啊！」雷鼓伸出一對大爪子，不停地擊打著胸膛，發出咚咚的聲音，說：「還沒見過主動來送死的，嘿嘿，怎麼個打法？」

阿飛在幸福寶耳邊密語幾句，張開翅膀，嗖地竄上天空，對那些紅毛猩猩大叫著說道：「猩猩們注意，趕快清理戰場，熊貓小子要和雷鼓大打出手啦！」

阿飛在天空竄高竄低的飛著，把猩猩和恐狼的目光都吸引了過去，三隻恐狼當真以為幸福寶要和雷鼓決一死戰，那簡直是不自量力，絕對是送死，難道幸福寶還有什麼不曾施展的絕技？

恐狼們研究半天，回頭一看，哪裡卻還有幸福寶和阿飛的蹤跡？地上只留下一溜逃跑的塵煙。

血刃說：「熊貓小子，溜得好快。」

詭刺說：「上當了，熊貓小子狡猾，想用恐狼來墊底，快跑。」

三隻恐狼扭頭就跑，用風一樣的速度追趕幸福寶，等紅毛猩猩發現上當的時候，已經沒法追趕了。

雷鼓率領幾隻大猩猩站在叢林邊緣，破口大罵，熊貓小子，三隻恐狼，還有那隻破鸚鵡，不是個好鳥！

三隻恐狼玩命地從後追了上來，野王叫道：「熊貓小子等等我們，恐狼和熊貓現在不是敵人，是朋友啊。」

血刃說：「老大，為什麼要和熊貓交朋友？」

野王說：「因為紅毛猩猩的力量太過強大，能飛能走，力量如獅。假如熊貓被吃掉，我們就會損失掉一個盟友，更失去了一個戰勝猩猩的機會，明白了嗎？」

「明白了，野獸法則，沒有永遠的朋友，也沒有永遠的敵人。」血刃說，「弱肉強食，勝者為王，這就是狼的道理。」

三隻恐狼來到幸福寶身邊，幸福寶看起來有點疲憊，阿飛正在鼓勵他。野王出乎意料地說：「熊貓小子，怎麼了，不要垂頭喪氣。」

幸福寶說：「是我沒用，我沒法救出我的朋友。」

詭刺說，「熊貓小子，你是真傻，還是假傻，為一個朋友，差點自己沒命，值得麼？」

阿飛說：「詭刺，你沒有真正的好朋友。」

詭刺說：「我們只有老大，沒有朋友，只有敵人，沒有同情。」

阿飛說，「那樣的話，你只知道怎樣生存，卻不知道生存是為了什麼？」

血刃揚起高高的頭顱，鼻孔朝天，發出長嚎，那聲音幾分淒厲，幾分詭異，這是恐狼最喜歡的方式之一，無論是鬱悶，歡樂，憂傷，他們都要用這種方式宣洩一下。

阿飛說：「停止吧，血刃，以你的頭腦，恐怕一輩子也想不出生存的意義。」

野王會心一笑，臉色輕鬆而自然地說：「鷳鵡，熊貓小子，我們聯手吧。」

幸福寶說：「好。」

熊貓和恐狼聯手，血刃很高興，向幸福寶走過去，說：「熊貓小子，我們得慶祝一下。」

幸福寶問：「你要幹嘛？」

「表達一下，我們之間的友好方式。」

幸福寶想起來，恐狼喜歡用熱呼呼，臭烘烘的舌頭舔熊貓的臉，他不好意思拒絕，於是委婉地說：「你會不會在我大意的時候，咬我的脖子。」

詭刺說：「放心，恐狼是絕對誠信的野獸，說不吃你，就不吃你。」

幸福寶說：「那好吧，不過，注意你的口水，不要弄得熊貓滿臉都是。」

詭刺也想和阿飛表示一下親密，阿飛張著翅膀，嚇得臉色煞白，飛在半空中叫道：「算了吧，算了吧，我可不想被你口水弄濕羽毛。」

三隻恐狼哈哈大笑，正當他們達成聯盟，熱烈歡慶的時候，在旁邊的一座小山丘上，跑來一大群熊貓，以老頑固為首，還有鐵頭、辣椒、鈴鐺、小白、小黑、小花等等。

老頑固腿腳笨拙，跑不動了，喘息著說：「停，停，停！」連喊了幾聲，熊貓們停下腳步，伏下身體，藏在草叢裡。

老頑固問：「後面有沒有追兵？」

鐵頭爬上一棵小樹，四外張望，「沒發現！」

老頑固一聲長歎，他再也跑不動了，準備平靜地接受死亡的命運，所有的熊貓都緊張得要死。老頑固說：「熊貓一族的命運是凶多吉少啦，熊貓爺爺命令你們，要勇敢，堅強，鎮定，忘記恐懼和驚慌，變成勇敢無畏的戰士，無論誰敢阻止熊貓前進的腳步，一律消滅，殺，殺，殺！」

但是，老頑固的鼓勵沒有任何效果，小白、小黑、小花相互望了望，他們清楚地聽見肚子裡發出咕嚕聲，三隻熊貓同時做出了痛苦的表情，夾著尾巴竄進叢林深處，因為他們吃壞了肚子，來不及走太遠，迫不急待，原地解決了。

叢林深處彌漫出一股臭臭的味道，鈴鐺和辣椒急忙捂住鼻孔，老頑固說：「你們這三隻臭熊貓，不會遠點嘛。」

叢林裡沒有回應，但是在臭臭的味道裡面，滲透著一股犀利的霸氣，這絕不是三隻懦弱的小熊貓散發出來的氣味。

老頑固使了個眼色，熊貓們立刻四散隱蔽，有的一屁股鑽進樹洞，有的一個跟斗滾進土坑，老頑固摟著鈴鐺和辣椒趴在一簇龍鬚草上面。

鈴鐺警惕地說：「沒有狼的味道，也不是獵人的氣息，是陌生的味道？」

老頑固說：「你們瞧著，熊貓爺爺絕不會讓你們失望的，我已經掌握了一門非常厲害的必殺技，瞧我的。」

老頑固獨自穿過草叢向前爬去，驀地，黑影一晃，一隻碩大的黑影撲上來，把老頑固壓在下面，鈴鐺和辣椒覺得老頑固要拚命了，但是什麼反抗都沒有，老頑固靜悄悄地一動不動了。

黑影顯露出一副頑皮而略帶滑稽的嘴臉，兩隻短耳朵，帶著白斑，臉上五花六道的，和身上的黑黃花紋相映成趣。他舉起一隻肥厚的爪子，笑咪咪地打招呼：「你們好呀，有沒有見過一隻叫幸福寶的熊貓？」

鈴鐺感覺到這個大傢伙身上有一種頑皮的氣息，好像並不可怕，於是說：「見過。」

鐵頭怕鈴鐺再說下去，惹出什麼不必要的麻煩，他用屁股一拱，把鈴鐺彈到一邊，接著說：「我們不知道熊貓小子在哪，你是他的朋友？」

「是呀。」陌生的傢伙說，「我叫老虎，現在還沒有名字，熊貓小子答應過我，給我取個漂亮的名字。」

話音未落，老頑固一躍而起，尖叫著說：「哎呀，你是幸福寶的朋友，怎麼不早說呀，幸福寶是我一手栽培出來的好熊貓，技藝高強，本領出眾。」

老虎、鈴鐺、辣椒、鐵頭，都被老頑固嚇了一跳，原來他剛才在裝死。

老虎說：「你是？」

「我是老頑固，我是熊貓爺爺。」老頑固得意地回答，而且，他伸爪摸摸老虎的鬍子和尾巴，因為這是個新奇的物種，老頑固還沒有見過，好奇心讓他想和老虎親密地接觸一下。

辣椒說：「原來你沒死？」

老頑固啊了一聲，說：「孩子們，我對你們說，裝死也是一門絕技，首先，要裝得非常非常的死。」

「呿！」所有的熊貓都覺得，熊貓爺爺又要囉囉嗦嗦地說上半天。

但是老頑固出乎大家的意料，並沒有囉嗦，而是直接而乾脆地問：「老虎，你找熊貓小子幹什麼？」

老虎說：「我和熊貓小子在石頭上睡了一覺，醒來以後，熊貓小子就不見啦。」

雖然老虎說話是有一搭沒一搭，但是熊貓們都聽明白了，鐵頭對鈴鐺說：「熊貓小子的朋友，都和他一樣，有點傻。」

老虎說：「親愛的熊貓朋友，誰知道熊貓小子在哪？」

鐵頭拿出一副冷冰冰的態度說：「不知道，請你離開這裡，我們都不喜歡熊貓小子。」

老虎說：「怎麼會，熊貓小子多可愛呀，你們怎麼了嘛？個個愁眉不展。」

老頑固輕咳一聲，說：「老虎，事實上，熊貓一族遭遇了前所未有的困難，我們正被一群獵人追殺，我們沒有食物，沒有睡覺的洞穴，發發善心，可憐可憐我們熊貓吧。」

熊貓們一楞，老頑固的脾氣雖然古怪，愛說大話，又好大喜功，但是他現在這副可憐巴巴的樣子，讓所有的熊貓都感到，他其實也不過只是一個慈祥、可親、軟弱的熊貓爺爺。

辣椒的眼圈裡含著淚水，說：「爺爺，我餓。」

老虎被熊貓們感動了：「熊貓們，跟我來，我帶你們去尋找食物。」

老虎在前面走，小黑、小白、小花的腳步，已經不自覺地跟上，鐵頭極不願意跟在老虎的屁股後面，但是食物的誘惑力，簡直無法抗拒，他不由自主地隨著熊貓一族，跟著老虎往前方的山林走去。

老頑固抹了抹淚花說：「老虎，你確定前面真有食物？」

老虎說：「沒錯。」

熊貓跟著老虎飛奔起來，老頑固跑得不快，大叫道：「等等我嘛！」老虎回頭咬住老頑固的脖子，把他叼到背上，才跑兩步，只覺得背上一沉，辣椒騎了上來，然後是鈴鐺，小黑、小白、小花也看得眼饞，也想上來，但是老虎說：「不行，沒地方了。」

「尾巴！」小花喊了一聲，三隻熊貓一同衝向老虎的尾巴。

老虎暗暗叫苦，你們這些熊貓也真是太懶啦。

# 16 力量的秘密

老虎帶著熊貓一族朝著一片密林跑去，但是熊貓們並不知道，熊貓小子剛剛和紅毛猩猩們才經歷了一場大戰。現在，幸福寶正在接受鸚鵡和恐狼的訓練。紅毛猩猩棲息的那片叢林，是他們的必經之路，只有戰勝紅毛猩猩，才可以找到求生之路。

幸福寶有點犯愁，紅毛猩猩可不是森林女皇，紅毛猩猩有力量，敏捷，狡猾，群體戰鬥，沒有取勝的希望。

三隻恐狼在一番竊竊私語之後，野王對幸福寶說：「熊貓小子，我們要傳授你一些可以戰勝猩猩的絕技。」

阿飛說：「騙子，你們在紅毛猩猩面前大敗而逃，還能有什麼絕技？」

幸福寶一點也不介意，只是說：「不要責怪這些大狼，他們說的是善意的謊言。」

血刃嘿嘿一笑：「鸚鵡阿飛，不要瞧不起恐狼，我們沒有修練這種絕技，是因為我們的身體構造和熊貓不同，我們的爪子沒有熊貓的靈活，但是據我們所知，除了猴類擁有靈活的爪子，就是熊類，幸福寶是隻熊貓，兼有猴類的靈活和熊類的力量，這是恐狼永遠也不能超越的。」

阿飛張開翅膀，舞動著說：「哇，聽起來還有點道理，說說你們的計畫。」

詭刺說：「鸚鵡，你見多識廣，有沒有聽過一則古老而神秘的傳說，是關於力量的傳說，熊貓小子，力量大並不一定能戰勝對手，很多情況下，力量弱小的往往會出奇制勝。」

幸福寶睜大眼睛說：「你的意思是，以弱勝強，以小搏大！」

「嗯哼。」詭刺說，「傳說中的力量大師，你聽說過嗎？」

「力量大師？」幸福寶背著卵袋，半蹲半坐，他覺得這裡面肯定有不同尋常的故事。

詭刺的臉色像冰一樣嚴肅，淡淡地說：「熊貓小子，你要知道，力量的大和小並不重要，重要的是如何運用力量，將力量發揮得恰到好處，明白嗎？」

幸福寶搖了搖頭。

血刃急得用爪子刨地：「熊貓小子，你真是一個笨蛋！」

詭刺說：「比如水滴穿石，水是最柔軟的東西，卻能穿過石頭，風是最無形的東西，卻能折斷大樹，雲是最飄忽不定的東西，卻能產生驚雷閃電，只要你能掌握這些力量的秘密，就會戰勝那些紅毛猩猩。」

幸福寶似懂非懂：「但我要如何學會那種力量？」

野王說：「只有不停地練習，提高你對力量的領悟，關鍵是領悟，懂嗎？」

「哦。」幸福寶點了點頭。

血刃說：「熊貓小子，你過來，你要先練習柔軟，像水一樣柔軟，這是入門的基礎，懂嗎？」

幸福寶說：「這個不難，我的身體一直都很柔軟。」說完，他把卵袋從背上卸下來，全身縮成一團。

詭刺皺了皺眉，「這是肉墩，不是柔軟，你沒有理解柔軟的真正意義。」

野王說：「我相信熊貓小子，你現在要做的就是思考，思考怎麼運用這股力量。」

詭刺說：「老大說的沒錯，那邊有一塊懸崖，你去那裡好好想想。」

幸福寶說：「好吧。」重新背起卵袋，蹦跳著跑上懸崖。

三隻恐狼和鸚鵡在後面竊竊私語，阿飛說：「野王，你為什麼要把力量的奧秘告訴熊貓小子。」

野王說：「雖然力量的奧秘不可以隨便洩露，但是我們卻始終參悟不透其中的訣竅，熊貓小子很聰明，我想他可以領悟其中的玄機。」

阿飛笑道：「野王，你果然很高明，想利用熊貓小子幫助你破解力量秘密，老大就是老大。」

野王皮笑肉不笑：「鸚鵡，你也不傻，不過，我們能否戰勝紅毛猩猩，全看熊貓小子的悟性啦。」說完，掉頭向一片叢林走去，血刃和詭刺跟在後面。

阿飛說：「恐狼，你們要去哪？」

野王說：「去找些幫手，你就等著瞧好吧。」

三隻恐狼漸漸遠去，把熊貓小子留在懸崖上。一輪金黃的圓月下，閃映著熊貓小子的圓圓的大腦袋。

鸚鵡阿飛已經外出偵察。血刃回頭看了看說：「看呀，熊貓小子坐在懸崖上，正在冥思苦想呢。」

野王說：「不管熊貓小子，我們現在去找其餘的熊貓，都把口水給我咽到肚子裡，拿出油嘴滑舌的勁頭，給我賣力地遊說熊貓，只要熊貓和猩猩打起來，恐狼絕對有利可圖。」

「明白，老大。」血刃和詭刺美美地回味著老大的妙計，鑽進密林。

不過，三隻恐狼根本沒想到，幸福寶想的並不是什麼力量的奧秘，他在想，力量大師肯定是一隻用後腿站立的傢伙，絕不會是一隻馬鹿、羚羊、野雞，或者雪豹，不過，最有可能的是一隻猴子，或者是一隻黑熊！

想來想去，幸福寶覺得這些野獸的動作，似乎隱藏著一些力量的奧妙，於是他豪情萬丈地站了起來，正要向天地發誓，自己領悟了力量的奧秘，忽見阿飛慌張地飛過來叫道：「大事不妙，熊貓們跑進了猩猩的領地！」

雷鼓正在給一隻母猩猩捉蝨子，相互表達愛慕之情，突然，一隻小猩猩連蹦帶竄地跳了過來，揮舞著手臂，大吼著：「熊貓來啦，熊貓來啦！」

雷鼓從樹枝上嗖地站起，雙拳彷彿一對大錘，在胸膛上猛擊一通，張開厚厚的嘴唇，發出嗚嗚的叫聲，臉頰兩側的贅肉因為憤怒而變得青紫，徑直向叢林外撲去，「熊貓小子在哪？熊貓小子在哪？」

但是，來的不是熊貓小子，而是一群熊貓，為首的正是老頑固，他騎在老虎的背上，從沒有這麼奇妙的感覺，老頑固覺得自己又恢復了洋溢的青春，看見一隻紅毛大猩猩，他也沒放在眼裡，大喊一聲「衝呀」，熊貓們像潮水一樣，湧進了紅毛猩猩的領地。

熊貓們很興奮，因為對付一隻大猩猩，要比抵抗熊貓獵人容易得多！

雷鼓用手掌啪啪地敲擊著樹幹，嘴裡發出短促的尖叫，樹影搖晃，瞬間聚集了六七隻大猩猩，對著倉皇入林的熊貓們展開攻擊。

熊貓們有點傻眼，還以為只有一隻猩猩，沒想到出來好多隻，熊貓們早已經慌了，一下子出來這麼多猩猩，毛骨悚然啊。

雷鼓決定親自對付這隻騎在怪獸身上的老熊貓，雖然他覺得老頑固不是對手，但他還是樂於享受勝利的歡樂。他向前一竄，老頑固大叫一聲，從老虎的背上滾落下去，一溜煙地滾得無影無蹤了。老虎還以為老頑固很能打，沒想到還沒動手，就逃之夭夭了。鈴鐺、小黑、小白、小花，連滾帶翻地撞在一起，拚命地藏在老虎身後。

雷鼓生氣地大吼：「哪個熊貓來和我大戰一場？」

只有辣椒勇敢地站了出來：「紅毛妖怪，我和你打！」

雷鼓斜著眼睛，瞧了瞧辣椒：「我是猩猩的首領雷鼓，我不和熊貓妹妹動手，難道就沒有一隻熊貓小子，敢向我發起挑戰嗎？」

小白看了看小黑，小黑看了看小花，三隻熊貓走上前去，他們的身體彷彿蝸牛一樣柔軟，不停地顫抖！

雷鼓大笑著說：「什麼熊貓一族，都是飯桶。」

這可惹惱了鐵頭，他二話沒說，向雷鼓一頭撞來，力量之大，能將岩石一頂兩半。

雷鼓吃了一驚，這隻熊貓好像很厲害，半灰不白的腦袋，像一塊石頭，雷鼓沒躲，把肚子向著鐵頭一挺，說來也怪，雷鼓不但沒被鐵頭給頂趴下，反而把鐵頭的腦袋牢牢地吸住了。

熊貓們的最後希望也破滅了，鐵頭的腦袋軟軟地陷在雷鼓的肚子裡，幾乎要窒息了，揮舞著一雙爪子不停地擊打著雷鼓的手臂，發出啪啪巨響，但是雷鼓毫髮無損，他輕輕一彈肚子，將鐵頭拋了出去。

「砰！」

鐵頭撞到一棵樹幹上，頭暈目眩，剛要翻身逃走，雷鼓如同小山似的壓了上來，用一隻腳踩住鐵頭的屁股，鐵頭連用了兩次力量，都沒把雷鼓的爪子從身上掀開。

雷鼓嘿嘿一笑：「熊貓小子，你自認倒楣吧。」舉起雙拳，朝著鐵頭的腦袋砸了下去。

鐵頭將眼睛一閉！

砰！

辣椒、鈴鐺，所有的熊貓都覺得鐵頭的腦袋會像一隻熟透的石榴一樣裂開，大家閉上眼睛，心中充滿了悲哀。

不過睜眼再看，腦袋開花的不是鐵頭，而是雷鼓，他正抱著腦袋，蹲在地上哇哇大叫。鐵頭早已經逃到一邊去了。

辣椒咯咯大笑，雷鼓的腦袋上還留著小半塊榴槤的外殼，一個被砸碎的大榴槤碎成了幾瓣，散發出一股臭臭的味道。小黑沒見過這東西，但是一塊榴槤飛濺到他的嘴唇上，小黑也是餓極了，甩出舌頭，將榴槤抿進嘴裡。

雷鼓的腦袋鮮血直流，眼前金星亂冒，他大吼一聲：「是哪個暗算我？」

「是我，你最喜歡的熊貓小子。」密林中出現了幸福寶的身影。他和阿飛趕到的正是時候。

雷鼓說：「好哇，熊貓小子，我們來打個痛快。」

幸福寶懶洋洋地趴在一棵樹上，像一隻大樹懶，下樹的動作是無比的優雅而緩慢，他先朝老虎爬了過去，說：「老虎，你不是做什麼都沒有自信，想尋找自信嗎？」

老虎點點頭。

幸福寶說：「自信其實是一種力量，只要你擁有自信，就能擊敗任何一個強大的對手。」

雷鼓說：「熊貓小子，你再吹牛，牛都死絕啦，哈哈！」

笑聲未落，戛然而止，雷鼓渾身一顫，熊貓小子柔和善良的眼神已經不見，幸福寶眼神如刀，非常凌厲地盯著他。

雷鼓臉上的贅肉抽搐了一下，他感受到熊貓小子隱藏著一股驚人的力量，不過做為紅毛猩猩的首領，他要為尊嚴而戰。

幸福寶來到雷鼓面前，看著雷鼓頭破血流的樣子有點好笑，頑皮的山風靜止了，地面吹拂起一層輕沙，那是被一股殺氣捲起的塵埃。幸福寶與雷鼓正在進行一場無聲的對抗！

這個時候，恐狼也趕來湊熱鬧。

野王說：「其他的退後，這是一場公平的對決。」

血刃說：「沒錯，不許任何野獸插手，熊貓小子要贏得光彩，輸得漂亮。」

「閉上你的烏鴉嘴！」阿飛憤恨地說。

辣椒說：「熊貓小子一定贏，我們要給熊貓小子加油。」

詭刺還嫌不夠熱鬧，鼓動著辣椒說：「沒錯，辣椒妹子，我們應該想點口號，給熊貓小子加把勁，熊貓，熊貓，快出高招！熊貓，熊貓，無敵法寶！」

這樣一喊，熊貓們的情緒全被激發出來，連老虎也跟著吶喊助威。幸福寶心想：「你們在亂喊什麼，沒看見我正在用精神的力量和雷鼓過招嗎！」

幸福寶一動起腦筋，雷鼓立刻發現了破綻，他不想和熊貓小子玩消耗戰，開始圍著幸福寶旋轉，故意將地面弄得煙霧彌漫，迷惑幸福寶。

幸福寶不受迷惑，以不變應萬變，打了一個哈欠，然後往地上一躺，閉上眼睛大睡，發出酣暢甜美的呼嚕聲。

紅毛猩猩看見熊貓小子的模樣，全都流露出驚奇表情，鴉雀無聲，熊貓那邊倒是歡聲如雷，弄得雷鼓很是尷尬，恨不能立刻將熊貓小子撕成碎片。

因此，不等塵埃落定，雷鼓便縱身朝熊貓小子撲去。

砰！

雷鼓的拳頭像石頭一樣，深深地砸進泥土，這是雷鼓完美的一擊！

但是，幸福寶呢？

幸福寶竟然消失得無影無蹤？

雷鼓的表情摻雜著尷尬、驚異、恐懼，突然，他眼睛一斜，發覺熊貓小子正騎在自己的背上，雖然不知道幸福寶是怎麼做到的，但是能感覺到熊貓小子背後的卵袋正在簌簌顫動。

「給我下去！」雷鼓後肢右爪著地，兩隻前臂一彎，朝耳朵後面抓去，同時身體閃電般地一旋，想把幸福寶給甩出去，但是他的爪子落空了，身體也因為旋轉而失去了重心，撲倒在地，接著幸福寶又像一朵雲彩似的，輕輕地落在雷鼓的屁股上。

幸福寶的神奇變化，讓雷鼓驚恐萬分，熊貓們忘記了歡呼，傻呆呆地看著，而猩猩們覺得雷鼓丟了他們的臉，也都變成了啞巴，唯有三隻恐狼感受到熊貓小子展示出來的真正力量！

三隻恐狼的瞳孔緊縮，幸福寶的力量很是驚人，三隻恐狼有些緊張，邁動奇異的腳步，雙耳豎直，焦躁不安。

幸福寶和雷鼓打得難分難解，雷鼓張開雙臂，像樹樁一樣，朝幸福寶沒頭沒腦地抽打，幸福寶則閃動跳躍，靈活得像一隻老鼠，不時反擊個一招半式，出爪如電，在雷鼓的身上留下幾道血痕，雷鼓的身體被一層濃密的紅毛覆蓋，因此，猩猩們都沒有發覺雷鼓傷了，還在為首領胡亂地叫好。

# 17 地動山搖

幸福寶和雷鼓還沒分出勝負，其餘的紅毛猩猩和熊貓們早已經混戰在一處！

大猩猩銅錘找上了鐵頭，鐵頭猛地朝銅錘一撞，銅錘被撞了個滿天星，四腳朝天地趴到一棵樹杈上，原來，並不是每隻猩猩的肚子都像雷鼓一樣厲害！

鐵頭一招得手，得意地晃動著大腦袋一路頂了過去，嘴裡吆喝著：「熊貓們跟我來！」

砰！砰！砰！

只見幾隻紅毛猩猩被鐵頭撞得搖搖晃晃，眼冒金星。熊貓們的膽子便大了起來，憨朵和呼嚕兩隻大猩猩怒氣衝天，同時攔在鐵頭面前，鐵頭還是一頭撞去，但是猩猩兄弟抓著一塊大石放在胸前。鐵頭撞在石頭上，石頭雖然裂成兩半，但鐵頭也已眼前發暈，腳步踉蹌，一屁股跌坐在地上。

那隻叫雙花的母猩猩也不甘示弱，冷不防從側面撲倒了鈴鐺，要把鈴鐺的耳朵咬下一半。辣椒急忙使出絕招，張嘴向著雙花的眼睛連吹帶哈，雙花的眼睛被辣得淚水漣漣，抹著淚花，撒腿就跑。

老頑固則藏在一棵樹後，吃驚地看著熊貓們把猩猩打得落花流水，他本來害怕極了，但是辣椒的取勝，給了他十足的信心，看見一隻小猩猩跑過來，他試探著探出腦袋，露出鋒利的牙齒，把小猩猩嚇得連哭帶叫地跑了。

老頑固高興得忘乎所以，撒開大步，衝了出來，興奮地大叫：「咬呀，咬呀，咬這些欺負熊貓的紅毛壞蛋！」

紅毛猩猩紛紛逃竄，飛身上樹，因為老頑固的身後跟著一隻老虎，老虎的模樣在紅毛猩猩的眼裡相當霸道，他的利爪隻比黑熊小了一號，但是渾身的肌肉展示出驚人的力量，紅毛猩猩深感恐懼。

一隻沒有名字的大猩猩盯上了老頑固，悄無聲息地從樹梢上爬下，狠狠地在老頑固的腦袋上一拍。

老頑固身形一軟，倒了下去。紅毛猩猩正要行兇，沒想到鈴鐺從後面撲了上來，一口咬住了他的手臂。

紅毛猩猩勃然大怒，正要把這隻母熊貓抓住撕碎，小白、小黑、小花三隻熊貓從後面撲上來，摟脖子，抱腰，還有咬屁股的，四隻熊貓圍著一隻紅毛猩猩瘋狂地進攻，誓死保護熊貓爺爺，感動得老頑固不知說什麼才好，只好集中全身的力量，鑽進一灘爛泥，只露出眼珠和鼻孔，隱藏起來。

紅毛猩猩在地上連翻兩個筋斗，擺脫了四隻小熊貓的糾纏，轉身向一棵大樹跑去，正要上樹，老虎已經攔在他的面前，一個箭步竄起老高，舉起爪子給了猩猩一巴掌，這隻猩猩嗷嗷叫著，轉身就逃，可是沒跑兩步，便一頭倒在地上，沒了呼吸。

老虎吃了一驚，沒想過自己的爪子這麼厲害，仔細一看，一隻羽箭正插在猩猩的心窩。原來大猩猩是死在獵人的箭下。

老虎驚魂未定，嗖嗖嗖，一排密集的羽箭如蝗蟲一樣飛來，幾隻紅毛猩猩和熊貓立刻被射倒在地。

叢林裡一陣大亂，野獸們無心戀戰，逃跑是唯一的方式。鈴鐺、小白、小黑、小花，四處找不到老頑固，忽見一灘爛泥中，眨著兩隻黑眼珠，老頑固被發現了，一伸爪子，把鈴鐺和辣椒拉了下來，噓了一聲：「隱藏好，孩子們，等獵人走了，我們再出去。」

這句話還沒說完，老虎竄了過來，問：「熊貓爺爺，你這是什麼絕招？」

老頑固想了想說：「老虎，這是熊貓禦敵的最高境界，以不變應萬變。」

小白、小黑、小花相互捂著嘴笑，熊貓爺爺這招真是太高啦。

老虎說：「好，我也來啦。」

老頑固慌忙說，「不行，老虎，你別下來嘛，這裡容不下你，你長得太大了，哎呀。」

老頑固被老虎差點壓到屁股底下，真是鬱悶極了。

獵人們衝過來的時候，熊貓們都隱藏好了，只剩下那些紅毛猩猩到處亂跑，這些傢伙平時驕橫慣了，因此不懂如何隱蔽，結果成了獵人箭手的目標。

雷鼓眼見情況不妙，和幸福寶迅速分開，雷鼓說：「熊貓小子，獵人來了，暫時休戰。」

「好吧。」幸福寶說，轉身尋找熊貓們的身影。

雷鼓縱身上樹，用後爪鉤住一根堅韌的樹枝，看似要飄向叢林深處，可是雷鼓很陰險，玩了一個欲擒故縱的花招，悄無聲息地盪了回來，伸出前爪，從背後偷襲幸福寶。

幸福寶的確是大意了，他的雙肩被雷鼓死死地抓住，輕飄飄地被抓離了地面，雷鼓說：「熊貓小子，算你倒楣，你去陪那些獵人玩玩吧。」樹叢一顫，幸福寶被拋上天空，雷鼓用盡全身所有的力量，把幸福寶朝著獵人拋去，而且他很自信地認為，幸福寶這一次絕對跑不了，以他的力量，絕對可以將幸福寶精準無比的拋進獵人的伏擊圈。

雷鼓帶著勝利的詭異笑容，翻身上樹，嘴裡發出一聲長嘯，召喚猩猩們竄進茂密的山林，不見了蹤影。

幸福寶飛上天空，聽到大地傳來一聲巨響，一座山峰轟然倒塌，聳立在山顛的獵人城堡眨眼間灰飛煙滅，連綿的山脈像柔軟的浪花一樣，被大地深處傳來的力量，撕碎，塌陷，夷為平地。獵人之城的痕跡將在地球上被徹底消抹乾淨，不留一點痕跡。

大地的力量真是不可抗衡！

幸福寶正在空中胡思亂想，猛聽阿飛在耳邊叫道：「想什麼呢，熊貓小子，屁股要開花啦。」

幸福寶猛然醒悟，大頭朝下地墜落下去，砰！

幸福寶四肢著地，為了保護卵袋，他把肚子當成了屁股，摔得生痛。沒等爬起來，熊貓獵人像潮水一樣湧來，家園的毀滅，使得熊貓獵人好像無家可歸的野獸，眼神裡充滿了悲哀和恐懼。

幸福寶坐在地上，頭還有點暈。大地開裂，溝谷縱橫，獵人對從天而降的熊貓，好像失去了興趣，紛紛尋找逃生之路，只有幾個獵人，發現幸福寶的蹤跡，立刻圍攏過來，想給這隻熊貓來個致命一擊。

阿飛說：「熊貓小子，獵人來啦。」

幸福寶說：「阿飛，你先飛得遠一點，我要使出最後絕招！」

「絕招？」阿飛眼珠一轉，「得了吧，你連站起來的力量都沒啦，還能有什麼絕招，你是怕連累我，好小子，好熊貓。」

阿飛說的很動情，連眼眶都有些濕潤，幾個獵人舉起武器，步步緊逼過來，當他們認出幸福寶的時候，不由得放慢腳步，小心翼翼起來。

阿飛說：「熊貓小子，讓你看看我的絕招，對付這些獵人，其實很容易。」

幸福寶正懷疑阿飛是在吹牛，突然間，大地轟隆一陣，地面瀰漫起一陣濃濃的灰塵，待煙霧散去，剛才的那些獵人早已失去了蹤影。

幸福寶說：「哇，阿飛，你的絕招果然厲害！」

阿飛也有點納悶，還沒使用絕招，獵人們怎麼就沒啦？他拍拍翅膀，鑽進飛揚的塵霧中查看，猛然大吃一驚，一種巨大的力量正在撕裂大地，一條巨大的斷裂帶出現了，裂谷還在擴展，延伸，一股刺鼻的硫磺味道差點讓阿飛眩暈過去，他急忙憋住一口氣，用眼光一掃，剛才的獵人已經摔落進大裂谷裡面，從岩石的縫隙裡流出熾熱的熔岩，已經吞噬了幾名獵手的生命，剩餘的獵手正抓著裂谷的邊緣，拚命向上攀登！

阿飛大驚失色，邊飛邊叫：「熊貓小子，快跑。」

阿飛的神色變得極為恐懼，幸福寶不知道發生了什麼可怕的事，大地又猛烈地震動了一次，身後的樹木，嗖嗖嗖，像老鼠一樣，都沒進地下埋了蹤跡。

幸福寶忍住渾身的疼痛，咬著牙跑了起來，身後的卵袋，好像有了些動靜，那是一種生命即將誕生的躁動。幸福寶感受著卵袋裡的力量，堅信自己是一隻永不言敗的熊貓！

身後翻起滾滾灰塵，一個獵手從地下竄了起來，但是他還沒有站穩，倏地又沒了蹤跡。幸福寶注意到腳下的泥土變得異常鬆軟，像退潮的波浪一樣，把獵人捲走。

大地在沉陷，幸福寶身後的泥土掀起一股浪潮，吞噬一切的浪潮。叢林裡一片混亂，倒下的樹木橫七豎八，碎石滿山亂滾，到處散發著死亡的氣息。野獸和獵人四處躲藏，對大地的震顫和憤怒感到無比的恐懼。

阿飛在天空負責眺望，飛來飛去，給熊貓們指點逃跑的方向：「熊貓，這邊，哎呀，這邊不行，那邊，那邊，快點，不要磨蹭，快跑吧。」

熊貓們都糊塗了，阿飛不知道如何是好，需要幫助的熊貓太多了，他已經忙不過來了，還有的熊貓不聽指揮，到處亂跑。老頑固幾個已經沒法隱藏下去，他們差點被那攤爛泥給吞沒，還是老虎勇敢，帶著幾隻熊貓向迷霧中衝去，但是一座巨大的懸崖橫在面前，阻斷了所有野獸的去路。

熊貓們團聚在一起，以老虎為首，圍成一個圓圈，屁股朝裡，嘴巴朝外，防禦紅毛猩猩的偷襲。

紅毛猩猩無精打采的，有些猩猩已經死於獵人的箭下，有些被泥石流吞沒，剩下的紅毛猩猩膽顫心驚，將熊貓們團團圍住，但是他們懼怕老虎，而且忌憚在一旁虎視眈眈的三隻恐狼，因此不敢輕舉妄動。

三隻恐狼一直沒有參與戰鬥，在一旁坐山觀虎鬥，現在突發的意外情況，卻讓他們有點措手不及，甚至很是鬱悶。最惱恨的是雷鼓，這隻名叫老虎的怪物，相貌雖然滑稽，卻好像比劍齒虎更有戰鬥力，經驗告訴雷鼓，凡是獨來獨往的傢伙都相當兇悍，最好不要招惹！

# 18 逃跑的規則

雷鼓決定暫時將熊貓圍困起來。他問野王：「恐狼的老大，你站在哪一邊？」

出乎熊貓們的意料，野王冷冷一笑：「恐狼堅決站在熊貓這邊，和熊貓並肩戰鬥！」

三隻恐狼非常明智，要和熊貓結成同盟。老頑固樂不可支說：「熊貓們，振作起來，恐狼現在是熊貓的盟友，我們不用怕。」

血刃將腦袋湊到野王的耳朵邊，提醒他說：「老大，我們沒有理由得罪這些猩猩。」

野王說：「笨，紅毛猩猩很狂妄，和他們結盟，我們占不到任何便宜，這些傻熊貓就不同，而且，我喜歡熊貓小子，他總是能製造驚喜和奇蹟。」

詭刺說：「老大，熊貓小子或許已經完蛋了。」

話沒說完，詭刺閉上了嘴巴，因為一個熟悉的肥胖身影，穿過一層薄薄的霧氣，向這裡跑了過來。

熊貓小子！

雷鼓瞪著眼睛，不敢相信自己的眼睛，幸福寶正快速趕了上來，他大叫一聲：「熊貓小子，你的命還真大。」

幸福寶說：「雷鼓，我不想和你打架。」

野王說：「還打什麼架，快點想辦法逃命。」

老頑固騎老虎好像是騎上癮了，待在老虎背上又安全又溫暖，虎皮毛絨絨，又溫暖又舒適，小黑、小白、小花，已經開始打老虎的主意了，怎麼和老虎交朋友，現在是熊貓們最迫切的願望。

老頑固說：「熊貓小子，這邊來，讓熊貓爺爺開心一下，這隻老虎是你的朋友，你們都是爺爺好朋友。」

阿飛不滿意地說：「你們不是說，熊貓小子是叛徒嗎？」

老頑固認真地說：「熊貓小子當然不是叛徒，我是想激勵他，我們知道熊貓小子有很多神奇的朋友，因此用激將法，其實我是深愛著熊貓小子的，沒有一隻熊貓比熊貓爺爺更愛幸福寶。」說完，老頑固的眼眶居然有些濕潤。

鈴鐺、辣椒、鐵頭、小白、小花、小黑，只覺得臉上熱辣辣的，老頑固的謊言讓他們臉紅。

詭刺說：「老大，熊貓爺爺說謊的本事，好像比恐狼還高明，我都要被感動了。」

野王說：「笨蛋，這隻老傢伙相當狡猾，是一隻成了精的老熊貓。」

雷鼓感覺不妙，熊貓小子的回歸，讓熊貓族實力大增，變得氣勢洶洶，兩隻小熊貓挺起胸膛向猩猩們耀武揚威，紅毛猩猩被動極了，和獵人的戰爭消耗了很多力量，那些負了傷的紅毛猩猩，露出絕望的表情。

天空傳來阿飛的叫聲，鸚鵡翩翩飛落，站在幸福寶的腦袋上，喘著粗氣說：「我偵察了方圓百里的地方，除了這裡，所有的地方都是死路一條，別再猶豫了，拿出所有的勇氣和力量，爬上去啊，這只是一次餘震，大地醞釀著一次更猛烈的大地震，再不走就來不及啦！」

大地輕微地震顫了一下，一塊月牙形的地面陷落下去，懸崖好像在不停地升高，野獸們恍然大悟，不是懸崖在升高，而是腳下的土地在陷落！

熊貓們抬頭看了看懸崖上面，極其險峻，連善於攀爬的紅毛猩猩，都有點恐懼，不敢輕易嘗試。

一道快如閃電的身影衝上去，又精神抖擻地飛下來，阿飛嘴裡咬著一根長長的青藤，青藤是鸚鵡從懸崖上拽下來的，那根青藤太重了，阿飛累得完全沒了力氣，滾落在幸福寶的懷裡。幸福寶明白了阿飛的用意，他接過青藤，試了試青藤的韌勁，很結實。

熊貓和紅毛猩猩也都明白過來，阿飛是想用這根青藤，讓野獸們攀爬到懸崖上面，雷鼓向紅毛猩猩一使眼色，猩猩們正要動作。野王在一旁冷聲說道：「雷鼓，你最好不要輕舉妄動。」

雷鼓說：「猩猩只想儘快離開這個地方。」

野王小心翼翼地說：「我建議，我們輪流上去，一隻熊貓，一隻猩猩，一隻恐狼，不偏不向。」野王的話說得滴水不漏，不過猩猩和熊貓的數量遠遠多於恐狼，不論是誰先攀登上去，恐狼都會最先到達安全的頂峰。

熊貓們立刻表示反對，但是幸福寶很大度，淡淡一笑，抓著青藤，走到雷鼓面前，呵呵一笑，「紅毛猩猩，你們先上。」

雷鼓大感意外，鐵頭憤恨地說：「熊貓小子正在出賣熊貓的利益。」

老頑固卻搖搖頭：「不，熊貓小子很大氣，大度，正用自己的魅力，感染那些紅毛猩猩。」

辣椒說：「沒錯，我越來越欣賞熊貓小子，雖然他傻得可愛。」

幸福寶主動把青藤交給雷鼓，雷鼓還有點不好意思，想推讓一下，但是三隻恐狼已湊了過來，雷鼓朝野王瞪了下眼睛，野王只得順從地說：「你們先，你們先。」

幸福寶轉身對熊貓們說：「小熊貓先上，然後是老頑固和熊貓妹妹，我留到最後。」

熊貓們都有點感動，老虎和阿飛發誓，要陪著熊貓小子留到最後。

這時候，雷鼓讓一隻帶著小猩猩的母猩猩先走，母猩猩背著小猩猩抓著青藤爬了上去，她的動作敏捷，極快地攀上懸崖，站在懸崖邊緣，發出短促的叫聲，這是平安的呼喚。猩猩們欣喜若狂，銅錘正要上去，只聽阿飛說：「不要破壞規則，現在輪到熊貓了。」

雷鼓說：「好吧，熊貓們，你們上去一個。」

熊貓們也有點靦腆，相互推讓，弄得辣椒火大，大喝一聲：「這是熊貓生死存亡的時刻，來不得半點馬虎，我來。」

辣椒抓住青藤，奮勇向懸崖上攀登，紅毛猩猩眼巴巴地望著辣椒的身影，恨不得她生出翅膀飛上去，因為辣椒的動作實在是太慢了，簡直是一種折磨。

接著，野獸們輪流交替攀上懸崖，懸崖上面的熊貓和猩猩逐漸多了起來，三隻恐狼來回地奔跑，露出煩躁的情緒，幸福寶已經看出恐狼的焦急，微笑著說：「下一個該恐狼啦。」

沒想到恐狼的別離更有些戀戀不捨，野王決定讓血刃先走，血刃的眼眶裡流出大顆的淚水。野王笑著說：「混蛋，又不是生離死別，哭什麼嘛，快點上去，我們會在懸崖上團聚的。」說完，和詭刺親了親血刃的臉頰。猩猩銅鼓拋下來一根青藤，血刃緊緊地咬住青藤，被吊了上去。

血刃還算身體輕盈的，輪到老虎的時候，猩猩和熊貓們都很為難，這個大傢伙實在是太重了，需要捆上好幾道青藤，他們把老虎拉上去以後，猩猩和熊貓們幾乎累得筋疲力盡了。

最後只剩下幸福寶和雷鼓！

雷鼓說：「熊貓小子，你先上去，我最後一個。」他很想在猩猩面前表現一下王者的風度。

但是這一次出乎雷鼓的意料，幸福寶一點也沒謙讓，抓著青藤向上爬去，這時候大地猛地一震，懸崖下的泥土變得像水波一樣柔軟，雷鼓縱身飛起，後爪在幸福寶的腦袋上一蹬，飛快地向上攀爬，而熊貓小子則隨著一陣彌漫的塵土，消失了蹤跡。

雷鼓的卑鄙行為在懸崖上引起軒然大波，老頑固說：「紅毛猩猩可恥，熊貓們行動起來，給幸福寶報仇！」

懸崖上一陣大亂，老虎大叫一聲，憤怒地向兩隻紅毛猩猩發動攻勢，紅毛猩猩還想抵抗，老虎高高躍起，用兩隻虎爪重重地拍向猩猩的腦袋，兩隻猩猩一閃，轉身鑽進叢林不見身影，熊貓們展示出團結的力量，個個咬牙切齒，橫眉怒目地衝向猩猩，這些猩猩雖然驕橫慣了，卻也知道雷鼓的行為有點卑鄙，因為理虧，所以根本沒有戰鬥的心思，紛紛逃跑，或者和熊貓玩個三招兩式，抽身就跑，嘴裡大叫：「熊貓好厲害，撤退。」

熊貓獲得前所未有的勝利，個個耀武揚威起來，老頑固和熊貓們歡慶勝利，但是辣椒卻趴在懸崖邊上，期望在熊貓小子的身上，再次出現奇蹟。驀地，身後傳來一聲大喝：「雷鼓，你卑鄙偷襲熊貓小子，要給熊貓小子償命！」

說話的是野王，他要咬斷繩索，讓雷鼓墜進無底深淵！

雷鼓一驚，停止攀緣，他用一隻爪子抓住青藤，另一隻爪子扣住岩石間的縫隙，兩隻後爪踩著兩塊突兀的岩石，向上面張望，懸崖上面一片肅靜，不見一隻紅毛猩猩的蹤跡，看見野王要咬斷青藤，嚇得他一動也不敢動！

野王狡猾地說：「辣椒閃開，我要給大猩猩來個痛快，誰也別攔著我，誰要攔著我，誰就是恐狼的敵人！」

辣椒說：「慢著，熊貓小子還沒死呢。」

熊貓們立刻圍攏過來，向懸崖下俯瞰，什麼都沒有，除了陣陣煙霧和嶙峋的岩石，只有雷鼓趴在岩石上，像一條紅色的壁虎。詭刺說：「得了吧，辣椒，我知道你喜歡熊貓小子，但是熊貓小子不可能倖存，我們還是用思念來緬懷這隻勇敢的熊貓吧。」

鈴鐺安慰地說：「好了，辣椒，不要傷心了，幸福寶永遠是最優秀的熊貓。」

辣椒說：「氣死我啦，我真的看到他啦。」

野王溫柔地說：「好啦，辣椒妹妹，現在可不是撒嬌的時候。」說完，向詭刺使個眼色。

詭刺正要一口咬斷青藤，尾巴卻被老虎死死地踩住。

忽然，就在這個時候，雷鼓發現懸崖上安靜了許多，懸崖下面反倒熱鬧起來，喊聲四起，跑來好多驚慌失措的獵人。

不過最令雷鼓吃驚的不是獵人，而是在一塊猙獰岩石的下面，冒出一顆圓滾滾的大腦袋，兩隻圓黑耳朵特別地醒目，還有一隻沉甸甸的蜘蛛卵袋。

熊貓小子！

雷鼓簡直無法相信，幸福寶還沒死，難道熊貓小子真是隻大難不死的妖怪？

懸崖上一片歡呼。老頑固抹了一把鼻涕，抱起累得筋疲力盡的阿飛說：「太好啦，熊貓小子還活著呢。」

三隻恐狼覺得大勢不妙，挑撥離間的機會已經錯失了，老虎的眼睛像兩道閃電，盯著恐狼的一舉一動，野王低著頭，向老虎表示臣服，卻偷偷向血刃和詭刺使眼色，等老虎放鬆警惕，三隻恐狼立刻竄進叢林，消失了蹤跡。

幸福寶用兩隻前爪，抓著岩石的縫隙，正在竭盡全力向上攀爬，雷鼓說：「熊貓小子，你真是命大，不佩服都不行啦。」

幸福寶揚起圓圓的腦袋說：「卑鄙的猩猩。」

雷鼓說：「還是小心你的下面吧，熊貓小子。」

幸福寶回頭一看，獵人們聚集在懸崖下，他們發現了懸崖上垂下的青藤，聰明的獵人立刻想到這是一條絕妙的求生之路。幾名獵人施展矯健的身手，抓住岩石向上爬，還沒爬上懸崖的獵人，看到一隻熊貓，一隻紅毛猩猩，立刻向兩隻野獸飛擲武器。

石斧、石刀、石矛、棍棒，全都撇了上來，雷鼓異常地靈巧，抓住青藤和岩石的縫隙，不停地蕩來蕩去，躲閃著獵人飛來的武器，偷眼一瞧熊貓小子，發現幾名獵人已經把熊貓小子給圍困起來，心頭大樂，忍不住說道：「熊貓小子，你完蛋啦。」

幸福寶的心怦怦直跳，身下有幾名獵人，攀爬的速度很快，背著鋒利的武器。幸福寶只好加快速度攀爬。

雷鼓大樂，幸福寶的速度一定沒有那些獵人快，已經有一個獵人，扒著岩石的縫隙，摘下背後的長矛，瞄準幸福寶的背影，這一次，熊貓小子注定難逃啊！

# 19 絕處逢生

砰！

一塊大石頭從上面砸了下來，正好擊中雷鼓的腦袋，雷鼓眼冒金星，昏昏沉沉，差點從懸崖上掉下去，他立刻朝著懸崖上的熊貓露出鋒利的牙齒，像瘋子一樣吼叫！

石頭是辣椒扔的，一招得手，懸崖上的熊貓紛紛效仿，各找石頭，連滾帶爬，一時間石塊飛舞，那個想要暗算幸福寶的獵人，還沒將長矛出手，就慘叫一聲，從懸崖上跌落下去，一塊大石頭正好擊中了他的腦袋！

辣椒歡呼起來：「好呀，我把要暗算熊貓小子的傢伙砸下去了。」

鈴鐺說：「幹得漂亮，但是獵人是不會放過熊貓小子的，我們得去弄幾塊更大的石頭來。」

但是情況變得越來越糟糕，雷鼓為了躲避飛舞的石塊，竟然抓住青藤移動到熊貓小子的頭上，而懸崖上的熊貓們正砸得十分開心，懸崖上的石頭都快被熊貓們給打光了，鐵頭打得興起，抓起小黑，就往懸崖下丟，嚇得小白、小花急忙把鐵頭攔住。

幸福寶在下面發出喊聲：「熊貓們，不要亂打。」

懸崖上安靜下來，幸福寶和雷鼓趴在岩石上氣喘吁吁，幸福寶的腦袋上受了不少傷，臉上又青又紫。

那些試圖追趕幸福寶的獵人，同樣也很悲慘，懸崖下丟著幾具屍體，獵人們感覺到死亡的威脅，因為懸崖被撕開了一道巨大的裂縫，形成一道深淵，獵人們的身影被淹沒了，只剩下幾個趴在岩石上的獵人，臉色蒼白，大汗淋漓，恐懼到了極點！

從懸崖下面傳來石頭崩裂的聲音，熊貓們只看見一道熾熱的熔岩在懸崖下的裂縫中緩緩地流淌，一個獵人慘叫一聲，墜進滾燙的熔岩裡面，冒出一絲黑煙。雷鼓嚇得面無血色，抓著青藤飛快地向上攀爬，幸福寶緊隨其後，這兩隻野獸的動作，都出奇地迅速！

懸崖上的氣氛要窒息了，幸福寶加快速度直追雷鼓，雷鼓感覺到自己的速度慢下來，他的力量在逐漸減弱，他要給幸福寶來點麻煩，不能讓熊貓小子超過自己，於是從岩石的縫隙中扣出一塊石頭，向幸福寶砸去。

幸福寶躲閃不及，被砸在頭上，血流滿面，一個輕手輕腳的獵人爬上來，單手舉起長矛，狠狠地刺向幸福寶的心臟。

幸福寶向旁邊一閃，長矛噗的一聲，深深地扎進岩石的縫隙，幸福寶一口咬向獵人的鼻子，獵人嚇得雙手一縮，從岩石上掉了下去。

另一個獵人同時向雷鼓發起攻擊，握著一把石刀，砍向雷鼓的脖子。

雷鼓只好舉起一隻爪子，砸向獵人的腦袋，獵人慘叫一聲，跌落下去，但是獵人拚著最後一口氣，一刀飛出。

刀光一閃！

石刀在岩石上劃出一團火花，雷鼓抓著的青藤也被一刀砍斷，雷鼓飛快地向上爬了幾下，然後就無石可抓，倏地墜下了懸崖。

幸福寶看見雷鼓落下去的時候，發出了一種悲哀的眼神，好像很無助，也很無奈。

天地瞬間變成一片黑暗，大地轟隆隆的巨響，不停地震顫著懸崖，好像瞬間就可以撕裂這座石頭鑄造的山峰。

老虎和阿飛在上面大吼道：「熊貓小子，快點，快呀。」

幸福寶沒有退路，他只有抓住青藤，奮力攀登。

懸崖已經開始裂開巨大的豁口，幾塊從懸崖上崩落的岩石，比獅子的腦袋還大，最後幾名獵人都被石頭砸中，嚎叫著墜入深淵。

深淵下面霧氣濃濃，酸臭而刺鼻的煙霧讓幸福寶陣陣眩暈，幸福寶的爪子在石頭上磨破了，滲出一絲絲鮮血，他覺得自己沒有力量再向上爬，因此悲傷地說道：「老虎，阿飛，你們走吧，熊貓小子上不去了，希望你們永遠記得我。」

「熊貓小子，你個笨蛋，亂說什麼呢，快點給我上來，熊貓們還等著你去吃竹子呢？」上面響起辣椒的聲音。

「沒錯，竹子的味道果然很清爽。」老頑固接著說。

幸福寶抬起頭，懸崖上站著一排威風凜凜的熊貓，老頑固、辣椒、鈴鐺、鐵頭、小白、小黑、小花。阿飛躺在老頑固的懷抱裡，有氣無力地說：「熊貓小子，我會給你力量和無邊的勇氣。」

幸福寶舔了舔爪子上的血跡，血還在流淌，但是希望開始燃燒，幸福寶張開小嘴，發出長嘯，「嗷——嗷——」

懸崖上的熊貓們嚇了一跳，這根本不是熊貓的叫聲，是恐狼的長嚎。

幸福寶急忙改口說：「不好意思，和大壞狼們在一起久了，偶爾也會改變一點習慣。」

熊貓們長吁了一口氣。幸福寶重新鼓起希望，像一隻輕巧的松鼠，順著青藤極快地爬上來，漸漸的，幸福寶已經看清楚老虎的鬍鬚，距離懸崖的頂端只有幾步之遙的距離。

忽然之間，阿飛和老虎的眼睛發直，所有的熊貓臉色發綠，一股血腥而焦糊的味道傳進了幸福寶的鼻孔，幸福寶回頭一看，全身彷彿被閃電擊中！

一個大怪物從懸崖下快如疾風地爬上來，全身的紅毛都被燒焦了，渾身流血，他的爪子像刀鋒一樣插進岩石的縫隙，一路留下鮮紅的血跡，只是他兇殘的眼神，告訴幸福寶，這隻怪物其實就是——雷鼓！

說時遲，那時快，沒等幸福寶做出反應，雷鼓大吼一聲，縱身撲了上來，他要將幸福寶撕成碎片。

幸福寶被遍體鱗傷的雷鼓嚇呆了，連阿飛和老虎也呆若木雞，他們從來沒見過如此恐怖的場面。

雷鼓的眼裡沒有一絲生氣，抓住幸福寶以後，發出死亡的怒吼，將幸福寶狠狠地甩進深淵，但是幸福寶的身手很靈活，身體在空中翻了一個筋斗，像雲朵一樣，輕輕地翻了回來，落在雷鼓的背上。雷鼓絲毫沒有感覺到幸福寶的存在，他抓起發呆的辣椒，要把辣椒丟進深淵，幸福寶張開大嘴，朝著雷鼓的手臂猛咬一口，雷鼓感到劇痛，因此猛地向後一躍，他似乎忘記了，身後是一片黑霧滾滾的深淵。

雷鼓帶著幸福寶朝深淵裡墜落，眨眼就被陣陣黑煙吞沒！

懸崖上的熊貓如夢初醒，老頑固的身體還在顫抖，辣椒和鈴鐺趴在懸崖的邊緣，鐵頭好久都沒說話，只有阿飛和老虎還在深情地呼喚著熊貓小子，但是回應他們的，只有深淵裡發出死亡的吼叫。

但是這一次，沒等悲傷在熊貓中蔓延，辣椒已經感覺到臉上黏黏的，她以為是眼淚，用爪子一抹，居然是一根又細又透明的絲線，辣椒向濃煙滾滾的深淵裡掃了一眼，立刻張開大嘴，坐在地上咯咯咯地傻樂起來。

老頑固說：「辣椒，你還有心情樂哪，沒心沒肺的——咯咯。」老頑固也樂得眼淚都流淌出來了。

阿飛和老虎對視了一眼，難道是因為這些熊貓悲傷過度，都變成了瘋狂熊貓？一瞬間，老虎也咯咯大笑起來，阿飛扭頭一看，天空中閃耀著若隱若現的光芒，一根根透明的蛛絲隨風擺動。

幸福寶在煙霧中緩緩升起，帶著勝利者的微笑，他舒展著身體，身上爬滿無數隻小蜘蛛，卵袋裡的小蜘蛛正在不停地孵化，誕生，他們拋出長長的蛛絲，隨風飛舞，

這些小蜘蛛把幸福寶當成了媽媽，在幸福寶的身體上不停地盤旋，竊竊私語，熊貓小子的身體幾乎被蛛絲纏滿了，在風的吹拂下，隨著舞動的蛛絲飄蕩在天空，露出滿臉愜意的微笑。

奇蹟，這是屬於幸福寶的奇蹟，熊貓小子彷彿張開無數隻隱形的翅膀，在天空中翩翩飛舞。

所有的熊貓吃驚地看著，幸福寶正向他們幸福地招手。

國家圖書館出版品預行編目 (CIP) 資料

熊貓英雄首部曲：滅頂之災／猛瑪象作 .-- 第一版 .
-- 臺北市：樂果文化出版：紅螞蟻圖書發行 , 2017.09
面；　公分 . --（小樂果；1）
ISBN 978-986-94635-4-6( 平裝 )

859.6　　106007158

小樂果 01

# 熊貓英雄首部曲：滅頂之災

作　　者／猛瑪象
責任編輯／謝容之
行銷企劃／黃文秀
封面設計／小於、張一心
內頁插圖／小於
美術構成／上承文化

出　　版／樂果文化事業有限公司
讀者服務專線／（02）2795-3656
劃撥帳號／50118837 號　樂果文化事業有限公司
印 刷 廠／卡樂彩色製版印刷有限公司
總 經 銷／紅螞蟻圖書有限公司
地　　址／台北市內湖區舊宗路二段 121 巷 19 號（紅螞蟻資訊大樓）
電話：（02）2795-3656
傳真：（02）2795-4100

2017 年 9 月第一版　定價／200 元　ISBN：978-986-94635-4-6